neue frau
herausgegeben von
Angela Praesent

# Maria Scherer
# Maskenball

Roman

Deutsch von
Brigitte Kicherer

rororo

Rowohlt

Die Originalausgabe erschien unter dem Titel
«Maskerad Balen»
bei Bokförlaget Trevi AB, Stockholm
Umschlagentwurf Isa Petrikat-Velonis
Foto der Autorin: Bokförlaget Trevi, Stockholm
Deutsche Erstausgabe

30.–34. Tausend März 1989

Veröffentlicht im Rowohlt Taschenbuch Verlag GmbH,
Reinbek bei Hamburg, Dezember 1985

Satz Garamond Lasercomb
LibroSatz, Kriftel
Gesamtherstellung Clausen & Bosse, Leck
Printed in Germany
680-ISBN 3 499 15669 5

*«Die Lieb' am stärksten ist in jenen Herzen,*
*die spät erst ihr Gesetz gelernt.»*

*Gustav III. in ‹Ein Maskenball›*

# Preludio – Vorspiel

Ich beschließe es ganz plötzlich.
Der Nelkenduft und der Duft der weißen Fresien kreuzen sich wie zwei ungeplante Küsse.
Die Kirche ist ungeheizt und kalt. Eine verdrossene, noch nicht ganz ausgereifte Frühlingssonne wirft ihre scharfen Strahlen durch das strenge Mosaik der Fenster.
Ich beschließe es, als der zögernde Gesang verebbt ist.
Ich sitze aufrecht und erstaunlich gefaßt auf der harten Holzbank. Die karge Kirche ist wie die Landschaft, wie die schwedische Westküste – hart, aber wahr.
Eine wahre Kirche – von beherrschten Händen gebaut. Von der Mystik und Offenbarung der Religion läßt sich hier nichts ahnen, hier ist nur ein kantiges Jesuskind in zurückhaltendem Mosaik zu sehen, als Fenster in die unberechenbare Außenwelt. Man sieht nur den Kopf des Kindes und die Hände der Jungfrau Maria. Abgearbeitete Hände. Es ist das erste Mal, daß ich die Jungfrau Maria mit abgearbeiteten, beinahe rissigen Händen abgebildet sehe.
Warum sehe ich mich eigentlich um? Eigentlich müßte ich doch nach vorne schauen. Ich müßte meinen Blick auf den Sarg richten, auf den mit roten Nelken und einer sterilen Flut weißer Fresien gleichgültig geschmückten Sarg. Immerhin gelingt es

dem unschuldigen Duft der weißen Blumen, den vulgären Farbton und die Banalität der Nelken etwas zu dämpfen.
Ich schaue wieder das Jesuskind an. Den runden neugeborenen Kopf und die abgearbeiteten Frauenhände, die bebend vor Rührung – und ich glaube Liebe – diesen Kopf liebkosen, der noch nicht historisch ist, sondern vorläufig nur neugeboren.
Die Frühlingssonne versucht einen neuen trotzigen Angriff auf das Glasfenster. Ein paar Windstöße vom nahen Meer brechen durch den ersterbenden Gesang. Die Winde prallen gegen das Fenster, die ersten weißen Sandkörner wirbeln vom Strand zum Kopf des Jesuskindes hinauf.
Ich fühle, daß ich mich entscheiden werde.
All die schwarzgekleideten Schultern. Viele der anwesenden Männer und Frauen sind jung. Alle blicken nach vorn. Alle heften ihre noch tränenlosen Augen auf den braunen Holzsarg mit seinem rot-weißen Blumenschmuck.
Der Sarg ist nicht schön. Die Blumen sind ebenfalls nicht schön. Aber die nach vorne gewandten Gesichter sind alle sehr schön.
Ich zögere. Ich zögere – obwohl ich fühle, daß ich mich bald, sehr bald entscheiden werde. Der Ort ist schlecht gewählt, das ist mir bewußt.
Diese äußerste Tat sollte ich nicht in einer kalten, ungeheizten Kirche an der Küste beschließen.
Zu dieser Stunde sollten meine Gedanken sich nicht mit einer künftigen Tat beschäftigen. Ich sollte lieber den braunen Holzsarg anschauen und mein Gesicht der jungen Witwe in ihrem beinahe schwarzen Pelz zuwenden. Aber da ich weiß, daß die Witwe schon einen anderen Mann liebt, einen anderen als den, der jetzt, «ein letztes Lebewohl» von seinen Freunden und Verwandten erhalten wird, verschließe ich meinen Blick. Ich schaffe es nicht, ihrem Blick zu begegnen.
Das, was ich bald beschließen werde, wird mich von den Augen der meisten isolieren.
Das ist gut. Es ist gut, daß auch meine Augen allein gelassen

werden. Es ist gut, daß diese Truppen von Augen, die manchmal auf mich zustürzen, bald Widerstand erfahren werden.
Immer noch bin ich imstande, die Augen, die sich so rasch und direkt in meine eigenen hineingelogen haben, zu lieben. Augen, die etwas versprachen, das keine Moral der Welt einzulösen vermag. Als ich gezwungenermaßen entdecken mußte, daß auch die menschlichen Augen eine Sprache übermitteln können, die ebenso treulos ist wie die schändlichsten, verlogensten Worte – das war meine tiefste Enttäuschung. Ich hätte meine Illusion von der äußeren und inneren Reinheit des Auges gern behalten. Aus tiefster Seele hätte ich gewünscht, weiterhin glauben zu dürfen, daß jene Symphonien der Stille, die manchmal aus ganz bestimmten Augen erstrahlten, stets aufrichtiger waren als alle Worte und die raffiniertesten Maskeraden der Menschen. O ja – ich hätte deinen Augen glauben wollen, als sie eine Liebe ausstrahlten, die deine Worte schon zu leugnen begonnen hatten.
Die Erinnerung an deine Augen, die mich mit ihrem bitteren Kelch aus Kälte und Wärme noch ein weiteres Mal beherrschen wird. Die Erinnerung an diesen Kelch ist es, die mich immer hastiger meinem Beschluß zuführt.
Der Pfarrer hat jetzt zu reden begonnen. Er spricht von einem Kampf. Vom Kampf, den der Mann im braunen Sarg aus Edelholz zu kämpfen hatte. Von deinem und meinem Kampf sagt er nichts. Von unserem maskierten Kampf. Der Pfarrer ist ernst, seine Augen sind von der Kargheit der Küste geprägt. Seine Augen, die Stürme, graue Felsen und windumtoste Strände gesehen haben. Augen ohne Gnade.
Er spricht von einem Kampf zwischen Krankheit und Gesundheit. Demnach hat er noch nicht begriffen, daß Krankheit beinahe immer nur ein anderes, schonenderes Wort ist für Lieblosigkeit. Für Mangel an Liebe.
Ich weiß, um was der Kampf ging. Ich weiß, daß dieser Mann erfolgreich und überlegen gegen eine tödliche Krankheit an-

kämpfte, solange er geliebt wurde. Zwei Monate nachdem seine Frau begonnen hatte, einen anderen zu lieben, starb er. Der Kampf war beendet. Das Spiel war aus. Die kranken Zellen hatten rasch und unmittelbar den Sieg davongetragen. Aber wer wagt es schon, von Mangel an Liebe zu reden?

Der Pfarrer schließt die Augen, seine Stimme klingt verändert. Ein plötzlicher Wind zieht durch seine Stimme. Ein Wind voller Verheißungen und wartender Bäume. Bäume, die wieder Früchte tragen werden.

Dann öffnet er wieder die Augen und sieht die Kinder an. Die beiden Kinder in der vordersten Bank, die schwarzgekleideten Kinder. Ihre blassen, reinen Gesichter. Ein Junge und ein Mädchen. Weiße Baumwollblusen unter den schwarzen Jacken. Die Kinder – die überlebenden Früchte des menschlichen Baumes, des Lebens, das nicht umsonst gewesen ist.

Der Mann in dem braunen Edelholzsarg, der sein Leben nicht umsonst gelebt hat. Die beiden Kinder. Die Frucht eines Menschenlebens. Schmale, beherrschte Gesichter. Keine Tränen. Oder sind es die nächtlichen Tränen, die sich in der leicht angeschwollenen Oberlippe des Mädchens ahnen lassen? Sind es die abgewischten Tränen der Nacht und des Morgens, die auf den Augenlidern und Wangen des Jungen rote Spuren hinterlassen haben?

«Bald wird alles vergessen und vergeben sein», sagt der Pfarrer. «Bald wird alles vergessen sein – ein Menschenleben vergessen wir ja so leicht. Aber die Früchte – die Kinder – bleiben zurück. Wenn alles vergessen ist, werden wir uns an die Kinder erinnern . . .

Ein Menschenleben vergessen wir so leicht . . . aber die Abdrücke, die ein Menschenleben hinterläßt, dürfen wir nicht vergessen . . .»

Der Pfarrer sieht wiederum die Kinder an. Die lockigen Haare des kleinen Jungen sind straff und energisch mit Wasser nach hinten gekämmt. Das Gesicht des Jungen mit den leuchtend

blauen Augen macht einen verletzten Eindruck, der in mir den Wunsch erweckt, zu ihm und seiner Trauer, mit der seine Verletzlichkeit noch nicht fertig wird, vorzugehen.
Ein Junge mit straff nach hinten gekämmtem Haar und ein Mädchen mit leicht geschwollener Oberlippe. Die Frucht eines Menschenlebens. Ein Abdruck auf Erden. Die Sinnlosigkeit. Werden wir je irgendeiner Wahrheit näher kommen als der Wahrheit der Verlängerung? Der Verlängerung eines Menschenlebens. Die Wahrheit der Vermehrung und Fortpflanzung. Der Verlängerung unserer eigenen ewigen Fragen.
Wir sterben nicht umsonst. Jemand bleibt zurück, der uns ähnlich sieht und einen ähnlichen Kampf mit ähnlichen Fragen fortsetzt.
Der Pfarrer verstummt. Seine Stimme erstirbt zwischen den abgewetzten Bankreihen, den abgegriffenen Gesangbüchern und den Trauernden in ihren gedämpften, diskreten Beerdigungskleidern.
Nachdem der Pfarrer verstummt ist, beginnt ein Geiger zu spielen. Obwohl ich ihn nicht sehen kann, weiß ich, daß er jung sein muß. Er spielt tastend – aber geschmeidig. Er ist begabt und besitzt die Kühnheit und äußerste Sensibilität des jungen Musikers. Er spielt mit Liebe, spielt für einen toten Mann, den er vermutlich nicht gekannt hat. Vielleicht studiert er Musik und spielt ab und zu auf Beerdigungen, um etwas nebenher zu verdienen.
Darüber weiß ich nichts. Ich weiß nur, daß seine Töne ungewöhnlich aufrichtig und in ihrer Unschuld ungewöhnlich rein sind. Aber wer, um Himmels willen, wer hat das Stück ausgesucht? Wer hat den Mut gehabt, ausgerechnet dieses Musikstück zu wählen? Wie war es möglich, daß jemand dies gewagt hat? Mit dunklen, weichen Bogenklängen strömt *Plaisir d'amour* durch die karge, strenge Kirche. Die Freude der Liebe – das Glück der Liebe . . .
Wer hat es gewagt, dieses Musikstück spielen zu lassen, diese Liebeshymne für einen, der an Liebesmangel starb?

*Plaisir d'amour*, von einem jungen, unverdorbenen Musiker interpretiert. Ich kann ihn nicht sehen, da ich mit meinem schwarzgekleideten Rücken zur Empore sitze. Die Musik drängt sich vor und schafft eine eigene Messe – eine eigene Feierstunde.

Die Musik streicht mit aggressiver Schönheit durch die Kälte, die Feuchtigkeit und durch den unwirklichen Duft der Nelken und umspielt die frischgewaschenen Gesichter der Kinder und den fast schwarzen Pelz der Witwe, um sich schließlich in den aufgebrachten Winden außerhalb der Kirchenmauern und dem dahinterliegenden unerbittlichen Meer zu verlieren. In ihrer unschuldigen Interpretation drängt sich die Musik vor und zieht all jene mit sich, die noch die Kraft oder den Mut haben, sich mitziehen zu lassen.

Eine schwache Bewegung geht durch die Reihen der Trauernden. Selbst jene, die diese Musik nicht verstehen, werden von den unschuldigen Bogenklängen berührt. Die Töne steigen höher, werden dunkler, heftiger und reiner, während die noch kalte Frühlingssonne für einen Augenblick ruhig durch das Glasmosaik des Fensters hereinströmt und die Trauernden und Nichttrauernden mit scheinbarer Wärme streift.

In der Bank hinter mir beginnt ein Mann zu schluchzen. Sein Weinen klingt erstickt und hilflos. So wie er weinen die meisten Männer die seltenen Male, die sie sich zu weinen gestatten. Er weint so, als hätte er seine Ehre verloren. Er weint, während die Sonne wieder hinausflieht, am Kopf des Jesuskindes und an den abgearbeiteten Händen der Jungfrau Maria vorbei. Der Augenblick plötzlicher Wärme ist vorbei. Alles ist wieder grau und beherrscht. Ohne mich umzudrehen, strecke ich meine Hand nach hinten, da ich nicht möchte, daß einer, der weint, als hätte er seine Ehre verloren, sieht, wessen Hand ihm da angeboten wird.

Trotz meiner aufrichtigen Spontaneität möchte ich nicht stören. Ich bin eine anonyme Hand. Die Geigentöne tragen das Ihre dazu bei, den Schmerz zu lindern. Der Mann, den ich nicht sehen kann, nimmt meine Hand. Einen kurzen, rasch verstreichenden Augenblick lang nimmt er meine Hand und drückt sie mit kindlichem, beinahe liebevollem Druck.

Im nächsten Augenblick fühle ich seine Lippen auf meiner Handfläche. Auf meiner Handfläche fühle ich die rasche Berührung fremder Lippen. Auf dem Handrücken – das hätte ich verstanden –, aber die Handfläche. Nur ein einziger Mensch – ein Mann – hat bisher meine Handfläche geküßt. Die Erinnerung wühlt mich auf. Der Kuß und der Gedanke, den der rasche Kuß in mir zum Leben erweckt, wühlen mich heftig auf und führen mich fort von Kirche, Musik und Beerdigungszeremoniell. Ich ziehe meine Hand zurück und beginne still zu weinen. Das Schluchzen des Mannes hinter mir hat aufgehört. Die schmerzlich schöne Musik von der Empore verklingt. Ich kann den Geiger nicht sehen, den Mann, der geweint hat, ebenfalls nicht.

Die Musik ist zu Ende. Der Pfarrer spricht ein Gebet und gibt den Trauergästen dann ein Zeichen, sich zu erheben. Der Auszug kann beginnen. Wir gehen sehr langsam.

Wir gehen so, als wollten wir spüren, daß wir wirklich leben. Wir gehen durch die Kirchentür hinaus. Vielleicht läuten Glocken – ich weiß es nicht. Ein paar Seevögel fliegen schnell und unruhig an den schwarzgekleideten Menschen vorbei, die sachte zum Friedhof gehen, wo das aufgegrabene Grab schon wartet.

Eine Frau, die ich flüchtig kenne, nimmt meine Hände und sieht mich mit angsterfüllten Augen an:

«Wie furchtbar – er war doch erst sechsunddreißig . . . es ist einfach entsetzlich . . .»

Ich gehe allein durch das Kirchenschiff. Jetzt tönt Orgelmusik durch die bald leere Kirche. Die graugestrichenen Bankreihen – von den Körpern der Trauernden vorübergehend erwärmt – sind leer. Ich bin eine der letzten, die ins Leben, in die Meeresluft und ins plötzliche scharfe Licht hinausgehen.

Mit einem Schritt bin ich wieder draußen im Leben, und die Sonne sticht mir schmerzlich in meine ungeschützten Augen. Ich stehe allein auf der holprigen Kirchentreppe, während die unruhigen Winde sich auf Mäntel, Röcke, Schals und Haare stürzen und ihre Beute im scharfen Sonnenlicht gegen den eisblauen Himmel hochwehen lassen.

Einen stillstehenden Augenblick lang kann ich das Bild von Leben und Tod fast berühren. Die jungen Männer, die den Toten in seinem Sarg in langsamer Prozession davontragen. Die jungen Gäste, die die Trauer hinter sich lassen und sofort mit Licht und Wind zu kämpfen beginnen. Noch einen Augenblick lang steht das Bild still. Das Bild von Leben und Tod – die alte Kirchentreppe voller schwarzgekleideter Menschen, die von den trotzigen Meereswinden überrumpelt werden. Der Duft nach Tang und Salz.

Ich gehe nicht mit zum Grab, sondern bleibe auf der Treppe stehen. Während ich von der Seite her sehe, wie der Pfarrer seine Hände faltet und sein Gesicht der Kälte und dem Trost des Himmels zuwendet, entscheide ich mich und fasse meinen Beschluß. Ich stehe allein auf der Kirchentreppe und sehe die Frau, die von der Tatsache, daß der Mann im Sarg nur 36 Jahre leben durfte, so sehr erschüttert war. Vielleicht ist es ihre Erschütterung, die schließlich den schwersten Anker meines Entschlusses packt. Einen Anker, der das weiße Schiff meines Entschlusses in einem vergifteten Hafen aus Unentschlossenheit und Angst festgehalten hat.

Der Verstorbene erhielt immerhin 36 Jahre – ein Leben –, und er konnte einen Abdruck hinterlassen, denke ich, während erneuter zögernder, unsicherer Gesang mich erreicht, mit erfrorenen Vogelschreien vermischter Gesang.

Mein Kind erhielt drei ungeborene Monate. Obwohl der Vater des Kindes wußte, daß es schon atmete und ein Herz hatte, das schlug, beschloß er, daß das Kind sterben müsse.

So drückte er es natürlich nicht aus. Er benützte jene Sprache,

die moderne Menschen benützen, wenn sie beschließen, daß das Leben dann zu beginnen und zu enden hat, wenn es ihrem eigenen Gewissen paßt.
Ich entscheide mich, während ich allein hier auf der Kirchentreppe stehe, deren gespeicherte Kälte durch die Ledersohlen meiner schwarzen Schuhe hochsteigt. Ich beschließe, den Vater des Kindes zu töten.

I

Ich muß ihn töten, denke ich, während ich auf dem Parkplatz nach meinem Auto suche. Ich setze mich ans Steuer des neutralen Mietwagens, den ich für die Strecke zwischen dem Flughafen und der Kirche benützt habe. Ein Auto ohne persönliche Düfte.

Ich lasse das kalte Auto an und fahre in den herannahenden schwedischen Frühling hinaus. Die Straßen sind leer und schmal. Ich fahre allein auf der Straße. Das Gegenlicht sticht mir immer stärker in die Augen, in denen die Tränen kommen und wieder verschwinden wie Fragen ohne Antworten – oder vielleicht Antworten ohne Fragen.

Ich fahre am Meer entlang. Dieses Meer ist mir vertraut. Ich bin am Meer geboren, und alle meine Wahrheiten gründen sich auf die Lehren, die das Meer mir als Kind erteilt hat. Das Meer, das sich nie verstellen kann. Das Meer, das sich stets so zeigt, wie es ist. Das beständige und dennoch vernichtend unbeständige Meer. Das Meer, das in der einen Sekunde träge daliegt und dich mit türkisblankem Glitzern blendet, um im nächsten Augenblick deine stärksten und verläßlichsten Segel zu zerfetzen.

Das Meer – plötzlich ebenso hart und grausam wie Panzer im Krieg. Das Meer, auf das du dich stets verlassen kannst – und auf das du dich dennoch nie verlassen solltest. Ich wünsche mir, daß die Menschen, die mir nahestehen, wie das Meer sind. Sie dürfen sich nie verstellen. Selbst in ihrer geschliffensten Grausamkeit müssen sie echt sein. Ich habe erfahren, daß Menschen, die am Meer aufgewachsen sind – oder zumindest gelernt haben, die Philosophie des Meeres zu verstehen und zu respektieren –, anders sind als die Menschen, die mit Sonnenöl und bunten Badeanzügen angereist kommen und glauben, es handle sich um ein heiteres, unkompliziertes Gesellschaftsspiel.

Das Meer ist nie unkompliziert. Aber es ist wahr. Ich bin am Meer geboren.
Ich muß ihn töten, denke ich und fahre an den noch schlummernden Badebuchten vorbei, die ihre Besucher bald verführen – oder vernichten – werden. Auf einer Beerdigung habe ich beschlossen, ihn zu töten. Das mag geschmacklos und pietätlos klingen – ist aber eine logische Fortsetzung.
Es war eine Vorahnung, die mich zu dieser Beerdigung geführt hat. Ich hätte nicht zu fahren brauchen, sondern hätte mein Fernbleiben auf Arbeit, Pflichten und geographische Entfernung schieben können. Dennoch wollte ich fahren. Es waren nicht nur die Liebe und Freundschaft, die ich für den Verstorbenen empfunden hatte, die mich veranlaßten, zu fahren. Jetzt weiß ich, warum meine Vorahnung so stark war und die Einwände der Vernunft überlebte. Diese Vorahnung, die mein Leben in letzter Zeit immer häufiger bestimmt. Eine Vorahnung ohne logische Verankerung in Erfahrung und Intelligenz.
Ich muß ihn töten, denke ich, während das Auto durch die Leere der schweigenden Straßen weiterfährt.
Bis zu dieser Beerdigung habe ich geglaubt, daß ich alles würde vergessen können – den Mann, das Kind und meine Liebe. Ich würde das alles so vergessen, wie es sich für unsere Kultur gehört, die die Menschen immer dann zum Vergessen mahnt, wenn sie mit Ereignissen und Gefühlen konfrontiert werden, die schwieriger sind als alles, was ihre Phantasie und Erfahrung sich vorstellen konnten.
Ich sehe sein Gesicht vor mir, ohne meinen Beschluß zu bereuen.
Plötzlich fallen ein paar unentschlossene Schneeflocken aus dem bald überwundenen Winter gegen die Windschutzscheibe. Automatisch schalte ich die Scheibenwischer ein, die rasch die schon durchsichtigen Flocken wegwischen. Die Straße vor mir sehe ich kaum, ich sehe nur sein dunkles Gesicht. Sein Gesicht, als er die grausamsten Worte sagte, die je ein Mensch zu mir

gesagt hat. Sein von diesen grausamen Worten verzerrtes und beinahe aufgeschnittenes Gesicht. Die Worte, die in seinen Augen keinen ihnen entsprechenden Rhythmus finden. Seine Augen, die wie offene Krater des Schmerzes sind. Dennoch spricht er die Worte aus und wiederholt sie auch. Trotz des offenen Schmerzes seiner Augen wiederholt er die Worte. Jetzt sehe ich vor mir, wie ich selbst eine Pistole erhebe.
Hier auf der sauberen Küstenstraße sehe ich, wie ich eine Pistole erhebe und schieße. Aus einer offenen Wunde an seiner Schläfe fließt Blut. Aber vielleicht habe ich doch keine Pistole. Wie sollte ich zu einer Pistole kommen?
Ich sehe, wie ich statt dessen seinen Kopf gegen einen Stein oder einen anderen scharfen Gegenstand schlage. Wieder fließt Blut. Vielleicht habe ich ein Messer. Vielleicht habe ich einen altmodisch kurzen Dolch, den ich ihm heftig in die Brust und ins Herz stoße. Direkt in sein Herz. Er muß den gleichen Schmerz fühlen, den ich dank seiner Worte und Tat empfand. Ein physischer Mord ist beinahe immer die verzweifelte Antwort auf einen psychischen Mord.
Ich sehe sein Gesicht vor mir. Die Straße, die Wirklichkeit und die schneeflockenbedeckte Windschutzscheibe verschwinden. Ich sehe sein dunkles Gesicht, sein schwarzes Haar, den Schmerz in seinen Augen, die ich mehr als alle anderen Augen geliebt habe und vielleicht immer noch liebe.
All dies von Blut eingefaßt.
Ich bremse heftig und halte an. Von fern erklingt das verzweifelte Glockenläuten der Kirche, die ich vor kurzem verlassen habe. Ich sitze still, halte das Lenkrad fest umklammert und starre in die sinkende Nachmittagssonne hinaus. Dann kurble ich die Scheibe herunter und sauge die salzig feuchte Luft in Nase und Lungen ein. Mit kurzen, heftigen Atemzügen atme ich die Luft ein, als könnten meine Ruhe und mein Verstand durchs Einatmen wiederkehren. Während ich die Luft einatme, die meine Kindheit umhüllte, sehe ich mein eigenes Gesicht im

Rückspiegel, das blasse Gesicht einer Frau zwischen dreißig und fünfunddreißig, deren Züge von einem ernsten Entschluß geprägt sind. Von dem Entschluß, einen Mann umzubringen, der ein noch ungeborenes Kind getötet hat. Einen Mann, der schwer zu töten sein wird – da er stets eine Maske trägt. Eine schuß- und feuerfeste Maske aus einem so starken, so harten und schweren Material, daß die Maske schon mit seinem Gesicht und seiner Seele verwachsen ist. Ich muß ihn so töten, daß ich dadurch auch die Maske durchdringe, die ich bisher nur ein paar wenige Sekunden lang von seinem Leben und seiner Angst zu trennen vermocht habe.

## 2

Mein Haus ist kalt. Ebenso kalt wie das Auto, in dem ich vor kurzem noch saß. Im Flugzeug war es wärmer.
Ich gehe durch mein kaltes Haus, das außerdem noch leer ist. Die Einrichtung zeigt als Folge der Scheidung immer noch gähnende Löcher und Lücken. Ein Zettel auf dem Küchentisch teilt mir mit, daß Jon bei einem Freund ist.
Ich setze mich auf ein Sofa. Auf eines der Sofas, das nach der ziemlich würdelosen Gütertrennung übriggeblieben ist. Ein Sofa, das Alex, mein ehemaliger Mann, weder wollte noch brauchte. Ich setze mich und öffne langsam die Post des Tages. Sie besteht aus einer Flut brauner Umschläge, aus einem weißen von meinem Anwalt und zwei Briefen mit ausländischen Briefmarken. Einer kommt aus Deutschland und enthält ein überschwengliches Schreiben mit Kritiken von der Premiere meines Theaterstücks, das in Berlin aufgeführt worden ist. Die Kritiken sind positiv und gehen ausführlich auf das Stück ein. Ei-

gentlich müßte ich mich freuen. Aber ich bleibe in meinen schwarzen Beerdigungskleidern sitzen und denke mit verzweifeltem Zorn:

Ich will mein Kind zurückhaben.

Draußen vor den Fenstern ist die Sonne am Verschwinden. Der Garten ist in einem eisigen, unheilverkündenden Abendlicht gefangen.

Ich werfe das Bündel Kritiken auf den Boden und den abgetretenen Teppich. Wieder so eine Sache, die Alex weder haben wollte noch brauchte.

Plötzlich frage ich mich, ob der Vater des Kindes auf seiner Entscheidung für eine Abtreibung beharrt hätte, wenn ich nicht eine gewisse Karriere vorzuweisen gehabt hätte? Wenn ich nicht so selbständig, so stolz und frei gewesen wäre? Plötzlich frage ich mich, ob der Vater des Kindes ebenso grausame Worte zu mir gesagt hätte, wenn ich eine unselbständige, blondgefärbte Person ohne Arbeit, ohne Zukunftspläne, ohne Stolz, Freiheit und eigene Einnahmen gewesen wäre. Einer solchen Frau würde man doch kaum sagen: «Laß das Kind wegmachen. Du darfst das Kind nicht zur Welt bringen. Ich will kein Kind haben.»

Einer solchen Frau würde ein Mann es auf jeden Fall glauben, wenn sie verzweifelt weinend schluchzte:

«Ich schaffe es nicht, deinen Wunsch zu erfüllen. Dieses Kind bedeutet mir alles.»

Mit eben dieser inneren Verzweiflung habe ich die gleichen Worte gesagt und geschluchzt. Aber ich hatte meine verweinten Augen mit der verkehrten Maske bedeckt. Ich trug eine Maske aus Selbständigkeit und Unabhängigkeit. Eine Maske, die die falschen Signale, daß ich trotz allem nicht untergehen würde, von sich gab. Ich würde es schaffen, und ich würde meine Verantwortung auf mich nehmen.

In letzter Zeit habe ich festgestellt, daß Männer sich selbständigen Frauen mit hohem Gehalt und mühselig erreichten Positionen gegenüber anders verhalten als gegenüber Frauen, die sich nicht anstrengen, die es nicht einmal versuchen, sich anzustrengen, oder die versagt haben. In letzter Zeit habe ich festgestellt, daß erstaunlich viele Männer von Frauen angezogen werden, die versagt haben.

Mein Kind kann ich nicht zurückbekommen. Aber ich kann auch meine Karriere nicht einfach weiterverfolgen, um mich damit zu trösten. Natürlich kann ich weiterhin betonen, was ich jedesmal beharrlich und überzeugt zu betonen pflege, wenn ich ab und zu einen Vortrag über die Frauenrolle halte: «Nur durch unsere Arbeit und durch das, was wir ausführen und schaffen, können wir uns selbst finden – in einer seriösen, ausgewogenen Frauenrolle», das pflege ich zu sagen, wenn ich an den verschiedenen Rednerpulten stehe und das verteidige, woran ich immer weniger glaube. Ich glaube nicht mehr an meine eigenen Worte und meine eigene Überzeugung. Wenn ich die Wahrheit sagen würde, wäre die auch für mich selbst so unerhört und unerwartet, daß ich sie nicht über meine Lippen lassen könnte. Die Wahrheit ist, daß ich nur zweimal im Leben wirklich stark von etwas ergriffen war und den Sinn meines Daseins zu erahnen glaubte: als mein Leib befruchtet und schwanger war. Die eine Schwangerschaft führte zu meinem Sohn Jon, der bald acht Jahre alt wird. Die andere führte dazu, daß ich jetzt in einem fast leeren und sehr kalten Haus sitze und außer meinen Tränen nur die Einsamkeit als Gesellschaft habe.

Die modernen frühen Abtreibungen sind laut der gegenwärtigen Auffassung so einfach und unkompliziert, daß man davon wirklich kein Aufhebens zu machen braucht. Das ist nicht wahr. Ich weine jeden Tag.

Heutzutage wird behauptet, die Mutterschaft sei nicht das Höchste von allem. Das ist nicht wahr. Die Geburt meines Sohnes ist immer das Höchste gewesen, das nicht Austauschbare.

An einem Leben mit verstreuten Punkten und Kommas bin ich

nicht interessiert. Ich interessiere mich nur für ganze Sätze und Ausrufezeichen. Ich will wissen, ob es in meinem Leben irgendwelche Ausrufe gibt. Ich will den tiefsten Sinn meines Lebens wissen, und auf der Suche danach bin ich an einem primitiven Sinnbegriff hängengeblieben – primitiv, aber dennoch allumfassend philosophisch. Ich bin an der Verlängerung hängengeblieben. Angesichts sämtlicher Verlängerungen fühle ich mich von Demut erfüllt. Angesichts all dessen, was fruchtbar und befruchtet ist. Das muß nicht ausschließlich eine biologische Befruchtung sein – alle Kunst, alle kreative Tätigkeit ist in ihrer historischen Verlängerung fruchtbar.

In der Hoffnung, daß sie eine befruchtete Verlängerung darstellen, werde ich weiterhin meine Theaterstücke schreiben. Schließlich brauche ich die eine Art von Befruchtung nicht abzuwählen, weil ich die andere für größer, göttlicher und mystischer halte. Dennoch ist es wichtig, in der äußersten Konfrontation mit mir selbst und meinem Leben zu wissen, daß ich meine eigene Möglichkeit des Gebärens wählen würde, wenn ich wählen müßte – und letzten Endes müssen wir immer wählen.

Ich würde die Möglichkeit zur Verlängerung wählen, die mir mein eigener Körper mit einem Kind bietet.

Es ist nicht wahr, daß man nicht um ein ungeborenes, nicht mehr vorhandenes Kind trauern kann. Das ist nicht wahr. Ich weine jeden Tag.

Ich muß ihn töten, denke ich wieder, ohne es zu bereuen. Während des Rückflugs habe ich versucht, an meinen Beschluß wie an einen Ritualmord zu denken. Vielleicht trifft das auch zu. Vielleicht will ich in erster Linie gar keine bestimmte Person – keinen bestimmten Körper töten. Vielleicht will ich alle jene töten, die entscheidende Möglichkeiten des menschlichen Glücks dadurch zerstören, daß sie die Liebe verleugnen, verzerren und zerstören.

Vielleicht muß zuerst einer sterben, damit wir wieder beginnen, über die Liebe zu reden. Nicht in erster Linie über die Liebe zwischen einem einzelnen Mann und einer einzelnen Frau. Über die Liebe. Über die Liebe als die einzige Möglichkeit, eine immer stärker verbitterte Menschheit zu retten. Über die Liebe als einzige Möglichkeit für Frieden und Zukunft. Das Gebot der Liebe – fehlinterpretiert und wund.

Vielleicht ist es ein Ritualmord? Vielleicht braucht er nicht einmal zu sterben? Ich habe mich immer vor Blut gefürchtet. Außerdem verabscheue ich Gewalt in jeglicher Form. Wie ist es möglich, daß ich – die ich für den Weltfrieden kämpfe und Gewalt verabscheue – mich dazu entschließe, einen Menschen zu töten? Darf man einen erfolgreichen, begabten, dunkelhaarigen, braunäugigen, romantischen, weichen, eiskalten, verlogenen und verantwortungslosen Mann umbringen, weil er nicht der Vater des Kindes werden will, das er in mir gezeugt hat? Ein Kind, das er nicht haben will, wie er ehrlich und aufrichtig klargestellt hat.

«Gilt das Abtreibungsgesetz nur für die Frau – für die werdende Mutter?» fragte er mich mit seiner schönen und zugleich rücksichtslosen Stimme.

«Gilt das Abtreibungsgesetz nicht auch für Männer, die keine Väter werden wollen?» wiederholte er, und jetzt war seine Stimme ausschließlich kühl und boshaft.

Nein, für die Männer gilt es nicht. Männer, die keine Kinder wollen, sollten ihr Sperma nie mit den Fortpflanzungsorganen einer Frau in Berührung kommen lassen, dachte ich.

Statt dessen antwortete ich: «Ich übernehme die ganze Verantwortung selbst. Du brauchst dich um nichts zu kümmern. Es ist mein Kind. Du brauchst mir nicht einmal Geld zu geben. Kein Mensch braucht je zu erfahren, daß du der Vater bist. Ich übernehme allein die ganze Verantwortung.»

Dabei preßte ich meine Maske aus Unabhängigkeit und Selbständigkeit immer dichter und fester über meine Verzweiflung. In meinem desperaten Versuch, das ungeborene Kind zu retten, glaubte ich, durch Kraft, Intelligenz und Selbstsicherheit imponieren zu müssen. Ich glaubte, die edelsten Seiten meines Charakters dadurch zu zeigen, daß ich niemandem zur Last fallen wollte. Ich sprach wie eine rechtschaffene, verantwortungsbewußte Frau. Mir war noch nicht aufgegangen, daß die Menschen jene am meisten lieben, die ihnen zur Last fallen. Der Mensch liebt Lasten und Ballast. Man wird nie um der schönen, kultivierten Blumen der eigenen Seele willen geliebt, die mild duftend wochenlang ohne Wasser und Pflege auskommen. Um des aggressiven Unkrautes willen, das die Umgebung verschandelt und vergiftet, wird man geliebt.

Vielleicht liegt alles daran, daß Männer und Frauen nie auf die gleiche Art lieben. Die Ursachen interessieren mich nicht mehr – die intellektuellen Analysen von Erziehung, Genetik, Traditionen, Hormonen und Soziologie. Ich weiß nur, daß die Liebe für einen Mann und eine Frau, die einander lieben, stets unterschiedliche Erlebnisse und Konsequenzen beinhaltet. Selbst wenn Mann und Frau einander gleich stark und mit dem gleichen Engagement lieben.

Vielleicht bedeutet die Mutterliebe den tiefsten Unterschied. Die Mutterliebe, die einzig beständige – die einzige, die nicht vor allem ihre eigenen Wünsche befriedigt. Die Mutterliebe, die die Frauen im geduldigen Warten übt und ihnen frühzeitig beibringt, daß die Liebe Opfer verlangt, da die Liebe der Mutterschaft stets ein Opfer ist.

Vielleicht liegt die Antwort in der Entstehung allen Lebens. Im ersten, entscheidenden Präludium des Lebens – im Schöpfungsakt. Die Samenzelle, die dem Ei begegnet und es dabei stets sprengt. Diese ursprüngliche Begegnung zwischen Männlich und Weiblich, die jenseits aller Gesellschaftsordnungen, aller Nationen und aller Erziehung dennoch stets irgendwo in unserem weiblichen oder männlichen Rückenmark eine primitive, starke Erinnerung hinterläßt. Einen kurzen biologischen Augenblick lang sind alle Frauen ein wartendes Ei gewesen. Einen kurzen biologischen Augenblick lang sind alle Männer ein aggressiv aufsuchendes Spermium gewesen. Und diese Augenblicke sind meistens von Liebe, Leidenschaft oder wenigstens Lust begleitet gewesen.

Ist das der Grund, warum wir uns später im Leben in unseren mehr oder weniger maskierten Liebesspielen wie Eier und Spermien benehmen? Alle wartenden Frauen der Welt. Alle aufsuchenden Männer der Welt.

Eine männliche und eine weibliche Karikatur von der ersten Begegnung zwischen Ei und Spermium – in der das Aggressive und das Passive stets zutiefst voneinander abhängig sind, damit eine Befruchtung stattfinden kann.

Die Angst der heutigen Männer vor aggressiven, selbständigen, aufsuchenden Frauen. Vor Frauen, die im Berufs- und Liebesleben die Initiative ergreifen, die den Mann – das Spermium – aufsuchen, statt zu warten.

Die Angst und Unruhe des Mannes angesichts des Eies, das sich zu bewegen beginnt, das es wagt, aufzusuchen, statt zu warten.

Die Unentschlossenheit der Frau angesichts der Männer, die die traditionell passive Frauenrolle übernehmen und weich und abwartend werden. Das ewige Spiel vom Warten und Aufsuchen.

War es mein eigener Mangel an geduldigem Warten, der dich fortstieß?

Wartete ich nicht lange genug, nicht traditionell weiblich genug?

Fühltest du dich getäuscht – fühltest du dich erschreckt?

Wir fühlten uns beide getäuscht – wir fühlten uns beide erschreckt.

Das ist der Grund, warum wir uns noch einmal im Leben sehen müssen. Du mußt die Möglichkeit für ein neues Leben noch einmal in mich einpflanzen. Wir müssen das Unerhörte ungeschehen machen, indem wir die Befruchtung wiederholen.

Du kannst die Erde und dieses Leben nicht verlassen, ohne noch einen weiteren Abdruck zurückzulassen.

## 3

Ich sitze immer noch auf dem recht häßlichen Sofa, das meine Scheidung mir übriggelassen hat, trage immer noch die schwarze Trauerkleidung. Das Frühjahrsdunkel senkt sich rasch über die Leere und Einsamkeit ringsum.

Eigentlich müßte ich ein anderes Sofa besorgen. Das weiße Sofa mit dem handgewebten Leinenstoff, das Alex und ich kauften, als wir noch glücklich waren, ist ein Sofa voller Erinnerungen und zerfetzter Träume. Ich mag keine Gegenstände, die voller Erinnerungen sind. Meine eigenen Erinnerungen sind mir genug.

Ich schaue auf die Uhr und sehe, daß Jon bald nach Hause kommen wird. Jetzt müßte ich aufstehen, mich umziehen und für Jon Essen zubereiten. Aber mir fehlt die Kraft dazu. Die Beerdigung und mein plötzlicher Entschluß haben meine ganze Energie aufgezehrt.

Ich blättere meine Post weiter durch und nehme den zweiten Umschlag mit den fremden Briefmarken und Poststempeln in die Hand. Wieder werde ich von einer Vorahnung gepackt – von der Vorahnung, daß dieser Brief eher eine Botschaft enthält als eine gewöhnliche Briefinformation. Ich öffne den Umschlag, der eigentlich eher ein Paket ist, ein flacher Karton. Er enthält eine Schallplatte mit Musik von Verdi. Erstaunt lese ich den italienischen Titel: ‹*Un ballo in Maschera*›. ‹*Ein Maskenball*› – Oper in drei Akten von Giuseppe Verdi.

Ich drehe die Platte um und suche eine Nachricht. Schließlich finde ich den Brief.

Der Brief ist in seltsam altertümlichem Englisch geschrieben und kommt von einem bekannten Filmregisseur in Rom. Er schreibt, daß er die Berliner Version meines Stücks ‹*Schwarzes Crescendo*› gesehen habe. Er schreibt auch, daß er, obwohl er eine ganze Reihe Einwände gegen das Stück anführen könne, sich doch ungewöhnlich betroffen gefühlt habe. Nun fragt er, ob ich daran interessiert sei, das Drehbuch für eine geplante Filmfassung von *‹Verdis Maskenball›* zu schreiben. Er lege den Text bei und bitte mich, gleich, nachdem ich seinen Brief gelesen habe, die Platte anzuhören. Eine seltsame Aufforderung, die da von einer mir unbekannten Person an mich gerichtet wird. Ich gehe jedoch sofort zur Stereoanlage hinüber und lege die Platte auf. Placido Domingo singt die Rolle des Riccardo oder Gustavs III.

Ich bleibe mitten im Zimmer stehen und lausche Verdis magischer Musik, die mich wie ein Gefühlsausbruch trifft, wie ein leidenschaftlicher Gefühlsausbruch. *‹Ein Maskenball›* – diese bemerkenswerte Oper, die mich schon als junges Mädchen gefesselt hat, die ich aber trotz meines Operninteresses seit vielen Jahren nicht mehr gehört habe.

Wie konnte der italienische Regisseur wissen, daß ich mich für Opern, ja, überhaupt für klassische Musik interessiere? In seinem Brief fragt er nicht einmal, ob ich etwas für Musik übrig habe, das scheint für ihn eine Selbstverständlichkeit zu sein. Wie konnte er wissen, daß ich ausgerechnet den Maskenball kenne – den Maskenball, der zu einer doppelten künstlerischen und musikalischen Maskerade werden sollte, bevor er die Welt eroberte.

Verdi hatte seine Oper ursprünglich nach Eugène Scribes Libretto geschrieben, das *‹Gustave III ou Le Bal Masqué›* hieß und von Anckarströms berüchtigtem Königsmord in Verbindung mit einer Weissagung und einem Maskenball handelte. Die Premiere sollte 1857 in Neapel stattfinden, doch die damalige Zensur zwang Verdi, die Oper zu ändern. Der Italiener Felice Orsini hatte zur selben Zeit ein Attentat auf Napoleon III. ausgeführt, daher wäre ein Königsmord auf der Bühne allzu provozierend gewesen. Trotz seiner empörten Proteste mußte Verdi schließlich nachgeben und Gustav III. in «Riccardo – Graf und Gouverneur von Boston» verwandeln. Als die Oper 1859 in

Rom Premiere hatte, bekam ein begeistertes Publikum einen maskierten Maskenball zu sehen. Maskierte Menschen, maskierte Liebe, maskierte Gefühle – eine maskierte Oper über einen Gouverneur –, während alle wußten, daß die Oper eigentlich von einem ermordeten schwedischen König handelte, der sich leidenschaftlich für Theater, Menuette, gepuderte Verzweiflung und menschliche Maskeraden interessierte.
‹*Ein Maskenball*› – diese erstaunliche Oper, die immer noch sowohl mit Verdis Rollenliste als auch in maskierter, zensierter Version existiert.

Ich lausche der Musik und sehe in der Dämmerung, die bald in Dunkelheit übergehen wird, ein Gesicht vor mir. Ein Gesicht, über dessen Stirn und eine Wange Blut fließt. Das Gesicht des Schauspielers bei der Premiere meines Theaterstücks in Berlin. Sein schönes Gesicht in der Schlußszene, mit dem künstlichen Blut auf seinen gepuderten Zügen.
O Gott, denke ich und fühle, wie mein eigenes Blut von der schlagartigen Gewißheit eisig wird. Der Schauspieler in der Schlußszene. Die Schwierigkeiten mit dem Theater in Berlin, da ich darauf bestand, Namen und Hintergrund der Hauptperson zu ändern. O Gott – mein eigener literarischer Maskenball aus Angst davor, daß ein Mann mit demselben Namen, demselben Hintergrund und demselben Charakter sich wiedererkennen könnte, wenn er das Stück je zu sehen bekommen sollte. Maskierte Zensur – zensierte Maskerade. Die Geschichte, die sich immer in irgendeiner grotesken Form wiederholt.
Während die Musik in mein Herz eindringt und eine neue Vorahnung in mir zum Leben erweckt, frage ich mich, warum dies mich gerade jetzt erreicht? Was weiß der italienische Regisseur von meinem eigenen Maskenball? Wie kommt es, daß er direkt, nachdem er mein Stück in Berlin in der geänderten Fassung gesehen hat, den Entschluß gefaßt hat, mir die Arbeit am Drehbuch seines Films anzubieten?

*Finanziell hat Andrea . . .*

. . . keine Sorgen. Als erfolgreiche Filmregisseurin und emanzipierte Frau ist sie materiell unabhängig.

Dazu bedarf es nicht immer einer erfolgreichen Karriere. Man muß sich nur der richtigen Einrichtung bedienen.

Das Theater ging schließlich auf meine Forderungen ein und legte widerstrebend lose Blätter mit Änderungen in die schon gedruckten Programme ein.
«Wen versuchen Sie eigentlich zu schützen?» fragte der Theaterleiter mich.
«Niemanden – ich wollte nur gewisse Details ändern», sagte ich, obwohl ich wußte, daß er mich durchschaut hatte.
Ich bleibe stehen und lausche, bis die Musik verklungen ist. Inzwischen ist es ganz dunkel im Zimmer. Ich mache Licht und gehe entschlossen zum Telefon hinüber. Obwohl es schon lang nach Büroschluß ist, rufe ich die Sekretärin meines Verlags an und frage sie, ob sie jetzt gleich einen Brief schreiben und ihn per Expreß nach Rom schicken könne. Sie sagt ja, und ich beginne einen Brief auf englisch zu diktieren, in dem ich antworte, daß ich die Aufgabe, ein Filmdrehbuch zu schreiben, mit Vergnügen übernehme. Ich berichte, daß ich vorhabe, die Handlung in die Gegenwart zu verlegen und auf die leidenschaftliche Liebesgeschichte zwischen dem König und Amelia, der jungen Frau des Grafen Anckarström, zu konzentrieren.
«. . . es fasziniert mich, daß diese Liebesgeschichte sowohl in der Originalversion als auch in der abgeänderten Fassung so zurückhaltend behandelt wird. Intuitiv fühle ich, daß man in einer modernen Filmfassung gerade die Liebesgeschichte intensiv herausstreichen sollte. Zwar habe ich noch keine Zeit gehabt, das Drehbuch in allen Einzelheiten durchzudenken – aber ich möchte gleich vorschlagen, daß Amelia das Kind des Königs erwartet . . . und daß der König schon in der Einleitung weiß, daß jemand sterben muß, wenn Amelia darauf besteht, das Kind auf die Welt zu bringen und kundzutun, wer der Vater ist. Außerdem bin ich der Ansicht, daß wir die Namen und Titel des Originals ändern sollten. Ein regierender König ist allzu unwirklich und kompliziert, damit kann sich ein modernes Publikum nicht identifizieren – daher schlage ich vor, aus dem König einen mächtigen, einflußreichen Geschäftsmann und Industriel-

len zu machen. Weiterhin schlage ich vor, daß wir die Vornamen der Hauptrollen ändern. Ich schlage vor, den Mann Josef zu nennen und die Frau Andrea . . .»

## Atto primo – Erster Akt

*Unverzeihlich ist's, ich weiß es wohl . . .*
*Doch der Liebe Rätsel hält mich gebannt.*
*Vergeblich brennt die Qual des Gewissens,*
*da mein Herz längst schon entbrannt.*

*Gustav III. in ‹Ein Maskenball›*

### *1. Szene*

Mehr Licht. Wir brauchen mehr Licht.
Zwar herrscht Dämmerung, aber es ist die vom Licht durchtränkte Dämmerung am Mittelmeer.
Noch mehr Licht. Bitte begreifen Sie doch, was ich meine. Wir müssen eine Flut von Licht erzeugen – ein Lichtbad.
Dort, in der untergehenden Sonne, kommen ein Mann und eine Frau beim Hotel an. Wir hören den sanften französischen Mittelmeerwind.
Noch mehr Licht. Das letzte Licht der ersten Dämmerung. Das Crescendo des Lichts. Das letzte leidenschaftliche Aufsteigen zum noch hellen Abendhimmel. Das Hotel, das bald in eine plötzliche seidig dichte Dunkelheit eingewoben sein wird. Das Hotel – ein blendend weißer, schloßähnlicher Bau aus einer untergegangenen Zeit. Ein Hotel, das die Träume, Erinnerungen und unterbrochenen Umarmungen fast eines ganzen Jahrhunderts in sich trägt. Ein Jahrhundert voller fröhlicher Sommerstimmen und beherrschter Tränen.

Hierher – in diese magische Luft, die sowohl die würzige Trockenheit der Pinienwälder als auch die salzigen Dämpfe des Meeres enthält – kommen ein Mann und eine Frau.
Wir sehen den Mann zuerst ankommen.
Er steigt aus einem großen, eleganten Privatwagen aus. Das Auto ist von einem Chauffeur vom Flugplatz zum Hotel gefahren worden. Der Mann, der den Rücksitz des Autos verläßt, hebt hastig die Hand an die Augen, um sich vor dem Licht zu schützen, das auf ihn einstrahlt. Seine Hand trägt Spuren vernarbter Zärtlichkeit.
Mehr Licht. Ich brauche mehr Licht. Laßt den noch fremden Mann direkt ins Lichtbad hineingehen und den Kopf so wenden, daß er, ohne es zu wissen, betrachtet werden kann. Da steht er nun, während der Chauffeur das leichte Sommergepäck hinausträgt. Der Mann läßt sich schwer beschreiben. Nicht einmal sein Alter läßt sich ohne weiteres feststellen. Vielleicht ist er immer noch jung – vielleicht ist er schon alt. Er hat die Haare eines Jungen. Die wilden Haare eines wilden Jungen, die dennoch die grauen Spuren eines fortgeschrittenen Lebens tragen. Jetzt fällt das Licht so darauf, daß wir plötzlich Don Josés schwärmerische Beschreibung von Carmens jasminduftendem Haar verstehen: «Ihr langes glänzend schwarzes Haar, das vielleicht ein wenig grob war, hatte dennoch den bläulichen Schimmer eines Rabenflügels.»
Genauso sieht das Haar des Mannes in diesem schwindelerregenden Licht aus. Grobes Haar mit dem bläulichen Schimmer eines Rabenflügels. Er hat Haare, die weder durch die Scheren der Friseure noch durch Frauenhände in eine andere Richtung als ihre ganz eigene gezwungen werden konnten.
Der Mann tritt aus dem Licht heraus, und wir sehen sein Gesicht direkt von vorn. Gebräunte, straffe Haut.
Die Nase – ein uneinnehmbarer, scharfer Felsabsatz.
Der Mund – die gezügelte Ungeduld der Lippen.
Seine Augen – ein Kirchenlied. Eine Missa solemnis.

Doch dies ist nur ein Teil der Wahrheit in seinen Augen. Die Wahrheit in diesen Augen besteht auch aus heftigen Ausschweifungen. Ein frommes Kirchenlied, das in einen grausamen Hexensabbat übergehen kann. Seine Augen, die nur selten voller Tränen standen. Und dennoch vermitteln sie eine Sprache von Tränen – von gezügelten Tränen.

Wir sehen den Mann jetzt in das weiße Hotel hineingehen, das früher einmal ein Sommerpalast war. Damals von einem französischen Grafen, seiner Frau und seinen kleinen Töchtern, die in den verzierten Korridoren zu spielen pflegten, bewohnt.

Wir sehen, wie der Mann aus unseren Augen verschwindet. Der Stoff des Leinenanzugs liegt eng am Körper des Mannes an und läßt uns den Stolz ahnen, mit dem ihn seine maskuline Erscheinung erfüllt.

Wir sehen seinen Rücken – das Stück seines Nackens gleich unterhalb des Haaransatzes dagegen sehen wir nicht, das die wenigen Frauenhände, die sich um diesen Fleck gewölbt haben, als überraschend weich und wehrlos empfunden haben.

Wir sehen den Mann jetzt verschwinden. Wir sehen ihn kaum noch und können seinen sinnlichen Duft nicht mehr wahrnehmen.

Jetzt sehen wir ihn gar nicht mehr. Manche wissen, daß er Josef heißt. Manche wissen es nicht.

Er verschwindet durch die altmodische Drehtür aus Mahagoni und Messing.

Der Mann namens Josef trägt eine sorgfältig komponierte Maske aus versilbertem Erfolg, aus Kraft, Entschlossenheit, Kälte und Unbestechlichkeit. Diese Maske hat viele Siege gewonnen, ist von Menschen, die solche undurchdringlichen Masken lieben und verführen können, geliebt und verführt worden. Da wir seine blendende Maske noch nicht durchschauen können, wissen wir nicht, daß er ins Hotel gekommen ist, um über Leben und Tod zu entscheiden. Wir wissen nicht, daß er die Frau, die er liebt, bald zwingen wird, das ungeborene Kind

wegmachen zu lassen, das gerade jetzt in ihrem Leib wächst und Form annimmt.
Hinter seiner Maske ist er ein Mann mit einem großen Reichtum an Liebe. Aber die hohen, kalten Mauern seiner Maske überwindet niemand ungestraft.
Manche wissen, daß er Josef heißt. Manche wissen es nicht.
Jetzt sehen wir eine Frau beim Hotel ankommen. Noch ein paar Augenblicke lang hält ein verweilendes Licht die Umgebung und die arroganten Baumkronen der Pinien in bronzeroter Ekstase gefangen – ein seltenes, fast nicht beschreibbares Licht. Die Frau trifft in einem wesentlich einfacheren und kleineren Auto ein als vorhin der Mann. In einem lokalen Taxi mit schmutzigen, halb heruntergekurbelten Fensterscheiben. Als das Taxi in den Schatten der Markise und die Reste der bronzefarbenen Abendsonne hineinfährt, ist es, als wäre die schöne Szene eine langsame Sequenz aus einem Traumspiel der Jahrhundertwende.
Die Frau steigt aus dem Taxi. Ihr Körper ist nordisch lang und schlank und macht einen kräftigen, geschmeidigen Eindruck. Dennoch wirkt ihre Gestalt zugleich auch weich und biegsam, mit einer Beimengung von sinnlicher, fast traditioneller Weiblichkeit. Und doch – wenn wir unseren Blick auf ihrer Erscheinung ruhen lassen, auf dieser Mischung aus Schönheit und Selbständigkeit, merken wir, daß wir unerklärlich beunruhigt werden.
Die Erscheinung der Frau strahlt sowohl die Möglichkeit der physischen Hingabe als auch die des kühnen selbständigen Überlebens aus.
Ihre rastlosen, leicht ungeduldigen Bewegungen haben etwas faszinierend Knabenhaftes an sich.
Sie ist eine Frau, die viele Betrachter und Besucher anlockt.
Sie ist eine Frau, die oft aufgesucht und besucht wird – aber trotz ihres raschen, warmen Lächelns ist es nur wenigen gelungen, sie länger als vorübergehend festzuhalten. Der aufmerk-

same, interessierte Betrachter, der sich nicht leichtsinnig vom Oberflächlichen und körperlich Anziehenden blenden läßt, sieht, daß ihr innerstes Wesen von einer früh erzeugten Angst und von Mißtrauen geprägt wird.
Sie bezahlt den Taxifahrer und lächelt ihn an. Sie lächelt einen unbekannten Taxifahrer mit einem hilflosen Lächeln an, als könnte dieses Lächeln das Schicksal besiegen, das sie bald erwarten wird.
Während das Taxi davonfährt, bleibt sie in der Stille des Abends stehen. Einen kurzen Augenblick lang wird sie von der dünnen Wolke aus Staub und Rauch, die das Taxi hinterläßt, halb verborgen. Sie bleibt stehen, während der Rauch sich auflöst und zerfließt. Jetzt ist sie allein. Allein mit zwei Koffern vor diesem schönen Sommerhotel. Sie bleibt untätig stehen, als wartete sie in einem Drama, von dem sie noch gar nicht weiß, daß es ein Drama ist, auf weitere Regieanweisungen.
Aus der Nähe betrachtet, hat ihr Gesicht eine stark gegenwärtige Schönheit. Eine Schönheit, die auch etwas kindlich Weiches an sich hat. Dank dieser Mischung strahlt das Gesicht eine fast undeutbare Verschmelzung von äußerster Verletzlichkeit und äußerster Beherrschung aus.
Der poetisch verschleierte Blick ihrer Augen verweist in ein anderes Jahrhundert. Oder sind es nur die Augen eines gekränkten Kindes?
Eines allzu oft gekränkten Kindes, das schließlich gelernt hat, die andere Wange hinzuhalten.
Und dies nicht als Zeichen der Unterwürfigkeit, sondern als die einzig mögliche Art, seinen Feind mit einer Waffe zu strafen, die der Feind nie ganz verstehen kann – mit der anderen Wange.
Noch einen Augenblick lang bleibt sie stehen. Die äußeren Umrisse ihres Körpers verraten noch nichts von dem werdenden Leben, das in ihr verborgen ist. Ein werdendes Kind. Ein werdender Junge – oder ein Mädchen.

Sie bleibt stehen, bis ein uniformierter braungebrannter Hoteldiener zu ihr herkommt und ihre Koffer nimmt. Als sie die plötzlichen Schritte des jungen Burschen in seiner gutsitzenden Hoteluniform hört, fährt sie zusammen. Er sieht sie mit hungrigen Blicken an, die sie mittlerweile wiedererkennt. Er lächelt, und sie fertigt den Hunger in seinem Lächeln mit einer kurzen Bemerkung in vollendetem Französisch ab. Sie trägt helle Baumwollkleider, die sehr weiblich und zugleich knabenhaft sind.
Erneut führt ihre Gestalt die Gedanken des aufmerksamen Beobachters in ein anderes Jahrhundert.
Als sie durch die Drehtür des Hotels geht, wirft sie den Kopf ungeduldig zurück. Niemand sieht, daß ihre braunen Augen mit dem meergrünen Schimmer voller Tränen sind, als sie rasch und geübt ihre offizielle Maske aufsetzt. Eine Maske aus undefinierbarem modernem Material, das sich gut in jede gewünschte Form fügt. Eine Maske, die im Augenblick eine selbständige berufstätige Frau zwischen dreißig und fünfunddreißig zeigt, die ihre erfolgreiche Person am Empfang eines Sommerhotels aus der Jahrhundertwende anmeldet. Rasch und unbehindert wechselt sie zwischen verschiedenen Sprachen, während der Portier ihre widersprüchliche Person mit einer gewissen Angst betrachtet.
Sie bittet den Portier, so rasch wie möglich ein Glas Milch und ein paar trockene Kekse in ihr Zimmer hinaufschicken zu lassen. Als sie um die Milch bittet, lächelt sie still vor sich hin. Sie lächelt über die Veränderung, die das werdende Kind schon in ihrem Körper bewirkt hat.
Sie lächelt, und während sie den Aufzug voller schwacher Duftreminiszenzen an Sonnenöl, Parfum und nasse Badeanzüge betritt, denkt sie intensiv und überzeugt, daß ihr nichts in ihrem Leben jemals wichtiger gewesen ist als die Liebe zu diesem Kind, das sich noch in ihrem Körper befindet.

## *2. Szene*

Das Hotel liegt im Dunkeln. Alles ist still. Nur wer die Gegend kennt, findet in diesen mild verhüllenden Abendstunden hierher.
Wir betreten den Speisesaal des Hotels, und auch hier ist alles still. Wir sehen Menschen, die mit langsamen, fast zärtlichen Bewegungen essen. Wir sehen Menschen mit einem leichten Sonnenbrand nach den Stunden am Sandstrand. Wir sehen die hellen Kleider in der Dunkelheit und Stille aufleuchten. Erneut erinnert alles, was wir sehen, an Fragmente aus einer längst vergangenen Zeit.
Nur ein Tisch steht leer. Das steifgemangelte Leinentischtuch streift den dunklen Parkettfußboden.
Ein paar Hotelgäste heben die altertümlichen Kristallgläser und trinken einander zu.
Zwei schwarzgekleidete Kellner unterhalten sich gedämpft über den leeren Tisch. Trotz der korrekten Kleidung vermitteln sie mit ihren stark sonnengebräunten Gesichtern und straffen Muskeln unter dem festen Stoff einen ausgesprochen körperlichen Eindruck.
«Er hat angerufen. Er möchte das Essen in sein Zimmer gebracht haben.»

Ein Mann geht in einer altmodischen Hotelsuite auf und ab.
Die Hotelzimmer sind hoch, und die Terrassentüren zum Meer stehen offen.
Der Mann trägt einen dünnen, gut geschnittenen Sommeranzug, ein weißes Baumwollhemd und eine Krawatte. Er tritt an einen Spiegel in dem altmodischen Zimmer, das mit weißen Möbeln aus der Jahrhundertwende möbliert ist.
Ich liebe sie, fühlt und denkt er, während er den Spiegel betrachtet, der sein Gesicht wiedergibt.
Ein Gesicht – noch ohne Maske.

Ich darf nicht so aussehen, als würde ich gleich in Tränen ausbrechen, denkt er und bleibt vor dem Spiegelbild voller Trauer stehen. Sein eigenes Gesicht ist von Trauer erfüllt. Abrupt dreht er dem Spiegel den Rücken zu.
Mitten im Zimmer bleibt er stehen. Was er ihr auch sagen wird, die Wahrheit wird es nicht sein. Die Wahrheit, die er kaum mit seinen eigenen Gedanken einzufangen vermag, läßt sich niemals in Worten ausdrücken. Die Wahrheit, die er kaum einzufangen wagt. Die Wahrheit, daß er sich vor nichts im Leben so sehr fürchtet wie vor einem Kind. Die Wahrheit, daß er dem Sohn, den er schon hat, noch nie Zuneigung entgegengebracht hat. Die Wahrheit, daß es ihn mitunter sogar angeekelt hat, seine eigenen Züge im Gesicht des Sohnes wiederzuerkennen. Daß manchmal kurzes Entsetzen in ihm aufgepulst ist, als der Sohn ihn anrief und die Stimme des Jungen seiner eigenen so ähnlich war – daß er sich einen Augenblick lang verwirrt fragte, mit wem er eigentlich spreche.
Wie soll er es der jungen Frau erklären, die bald durch die Tür hereinkommen und über die von der Sonne ausgebleichten Teppiche gehen wird, daß er sein Leben lang die menschliche Reproduktion, auf die sie sich jetzt freut, nur gefürchtet hat? Wenn er es wagen könnte, die Wahrheit zu sagen, würde er sie bitten, das Kind zur Welt zu bringen. Er würde sie bitten, das Kind zur Welt zu bringen, wenn sie garantieren könnte, daß das Kind ein Abbild ihrer selbst werden würde.
Der Sohn, den sie in ihrer inzwischen aufgelösten Ehe geboren hat, ist ein kleiner Junge, für den er größere Liebe empfindet als für seinen eigenen, wesentlich älteren Sohn. Ein kleiner achtjähriger Junge, der das Abbild seiner Mutter ist. Im Gesicht dieses weichen kleinen Jungen sind keine Züge des Vaters enthalten. Genauso will er es haben. Kinder – aber keine Abbilder. Vor allem keine Abbilder seiner selbst. Er ist froh darüber, daß ihr Sohn nicht die Züge seines Vaters trägt. Es gefällt ihm, die Frau, die er liebt, im Gesicht eines kleinen Jungen reproduziert zu

sehen – aber er weiß, daß es ihm unmöglich gewesen wäre, ihren Sohn zu lieben, wenn das Gesicht des Kindes Erinnerungen an das Aussehen und das Temperament des Vaters erweckt hätte. Er will die Frau, die er liebt, rein und unverfälscht sehen. Beinahe fanatisch versucht er sich einzubilden, daß ihre Liebe zu ihm eine Ouvertüre sein muß – ein allererstes Erlebnis. Die Vorstellung von ihr in einem früheren Leben, in einer früheren Ehe, ist ihm unerträglich. Von diesem Leben will er nichts wissen. Er will nichts davon wissen, daß sie ihren Sohn auf die gleiche Weise empfangen haben muß, wie sie das Kind, das sie jetzt trägt, empfing. Auf die gleiche Weise – aber nicht mit ihm. Mit einem anderen Mann. Mit einem Mann, mit dem sie verheiratet war. Einmal erzählte sie ihm, daß ihr Mann bei der Entbindung dabeigewesen sei – verständnisvoll und unterstützend sei er dabeigewesen. Er hatte nichts zu ihrer Erzählung gesagt, hatte nur Empörung darüber empfunden. Er wollte sich ihren Körper nicht in Schmerz, Blut und den Anstrengungen des Gebärens verzerrt vorstellen. Es war ihm unmöglich zu verstehen, wie ihr damaliger Mann ruhig und gefaßt hatte daneben sitzen und ihrem Kampf hatte zuschauen können. Er hätte ihr zuschreien wollen, wenn ein Mann eine Frau wirklich liebe, könne er nicht bei ihrer Entbindung anwesend sein. Kein Mann, der eine Frau wirklich liebt und respektiert, kann jemals ruhig und gefaßt dasitzen und zuschauen, wie sich ihr Leib verzerrt und vielleicht stirbt, während sich ein neues Leben rücksichtslos aus ihrem gequälten Schoß herausdrängt.

Wie sollte er es jemals wagen können, über seine Angst zu sprechen? War es überhaupt Angst? Konnte man dieses Gefühl auf irgendeinen Begriff festlegen? Er weiß, daß er von namenlosen Erinnerungen besiegt ist. Von Erinnerungen, die von seiner Mutter am Leben erhalten wurden. Seine Mutter. Seine Mutter mit den kühn gezeichneten Nasenflügeln, die so oft vibrierten und ihren Zorn oder ihre Unzufriedenheit ankündigten. Er hat früh gelernt, die Nasenflügel der Frauen zu fürchten.

Seine Mutter im verführerischen Gegenlicht der Erinnerung. Seine Mutter mit ihren goldbraunen, desillusionierten Augen im blendenden Gegenlicht. Augen, die manchmal wie Seide aufgeleuchtet und geglänzt hatten – wie aufgeritzte Seide. Irgend jemand hatte ihren Blick zerrissen, und manchmal wurde ihm bewußt, daß dies das Werk zweier Männer war. Zwei Männer hatten ihren Blick zerrissen. Er selbst und sein Vater. Er selbst in dem Augenblick, als seine Mutter ihn auf die Welt gebracht hatte.

Eigentlich konnte er sich an dieses Ereignis nicht erinnern – und dennoch hatte es sein Leben beherrscht. Vielleicht waren es die Erzählungen und Erinnerungen seiner älteren Schwester, die er zu seinen eigenen umgeformt hatte. Oder sollte die Schwester trotz allem doch nur seine frühesten Erinnerungen bestätigt haben? Jene Erinnerungen, von denen sämtliche Experten behaupteten, daß sie unmöglich in ihm existieren konnten. Und dennoch . . . Budapest im April. Budapest an einem frühen Frühlingstag im April. Die Sonne war gerade in das Zeichen des Widders getreten. Damals hatte seine ungarische Mutter sowohl um ihr eigenes als auch sein Leben gekämpft.

Im Krankenhaus warteten sein Vater und seine ältere Schwester voller Unruhe. Nach vielen Stunden der Ungewißheit kam der Arzt heraus und teilte dem Vater mit, daß zumindest das neugeborene Kind überleben werde.

«Dann geht es meiner neugeborenen Tochter also gut?» fragte der Vater.

«Ihrer Tochter? Sie haben einen Sohn bekommen. Einen gesunden Sohn.»

«Das muß ein Irrtum sein», antwortete der Vater und steckte sich ungeduldig eine der damals beliebten türkischen Zigaretten an.

«Wie meinen Sie das?» fragte der Arzt. «Sie haben einen Sohn. – Sie haben endlich einen Sohn bekommen! Eine Tochter haben Sie ja schon. Fehlt Ihnen etwas? Wir haben die ganze Nacht gekämpft, um Ihre Frau und Ihren Sohn zu retten, und Sie sind enttäuscht, weil es nicht schon wieder eine Tochter ist. Was wollen Sie denn mit den vielen Töchtern?»

«Wenn meine Frau nicht überlebt, werde ich meinen Sohn umbringen!» antwortete sein Vater und verließ das Krankenhaus mit einem verzweifelten Wutausbruch, den niemand verstand.

Später kam der Vater zurück und entschuldigte sich elegant beim Arzt und beim Personal. Wie es der Brauch war, brachte er Cognac und Zigarren mit. Nachdem er selbst ziemliche Mengen Cognac getrunken hatte, ging er schließlich ins Zimmer seiner Gattin und schenkte der schwer mitgenommenen Frau ein Armband vom Familienschmuck.

«Willst du den Kleinen nicht sehen?» fragte sie mit matter Stimme.

«Dazu ist noch Zeit genug. Laß ihn jetzt schlafen. Wie sollen wir ihn denn nennen?»

«Josef – natürlich muß er Josef heißen.»

«Natürlich muß er Josef heißen», wiederholte der Vater – halb abwesend, halb uninteressiert. Er küßte seine Frau auf die Stirn und verließ das Krankenhaus. Danach blieb er für viele Jahre verschwunden.

Der Mann, der den Hof der Familie in den ungarischen Bergen verwaltete, erzählte später, wie der Vater spätabends plötzlich angeritten gekommen sei, ohne sein Anliegen zu erklären. Dann sei er mit seinem Pferd wieder verschwunden, nicht ohne den Verwalter zu bitten, niemandem etwas von seinem Besuch zu erzählen.

Am zehnten Geburtstag des Sohnes – an einem strahlend schönen Apriltag – tauchte er plötzlich wieder auf. Ohne sich vorzustellen, ging er zu seinem Sohn hin, gab ihm die Hand und sagte:

«Du siehst mir ähnlich – viel zu ähnlich. Das hatte ich befürchtet.»

## *3. Szene*

Die Szene wechselt rasch, fast abrupt, von dem Mann und seinen Gedanken zu einem anderen Zimmer hinüber, zu einer anderen Person.

Das Zimmer liegt im selben Hotel, nicht weit vom Zimmer des Mannes entfernt, ist aber wesentlich kleiner und einfacher. Er hat schließlich geplant, daß sie beide die Zeit gemeinsam in seiner Suite verbringen werden.

Die Frau befindet sich im Badezimmer, das mit einem hohen altertümlichen Waschtisch, Leinenhandtüchern und Wasserhähnen aus verschrammtem Messing ausgestattet ist.

Nach der heftigen Übelkeit, die sie vorhin überkam, befeuchtet sie die Stirn. Sie weiß nicht, ob die Übelkeit mit dem Kind zu tun hat oder mit ihrer Nervosität vor dem Zusammentreffen mit dem Vater des Kindes. Weder in den Briefen noch in den Telefongesprächen hat er ausgesprochen glücklich geklungen. Auch seine seit langem geplante und gewünschte Scheidung hat er noch nicht durchgeführt.

Er hat eine katholisch komplizierte Auffassung von Liebe, Verantwortung und Scheidung und ist stark geprägt von der Schuld, die seine Mutter unbewußt auf ihn übertrug, als sein Vater sie nach der Geburt des Sohnes im Stich ließ. In seiner unbewußten Natur zutiefst vereinsamt und isoliert, ist er davon überzeugt, daß die Geburt – seine eigene Geburt – der Anfang allen Übels ist und allen Leidens.

Die Frau, die ihr vorübergehend blasses, mattes Gesicht zu dem gerahmten Spiegel aufhebt, weiß dies alles zwar mit dem Verstand – aber ihre eigenen Gefühle leben dennoch ihr wild unbewußtes und unterbewußtes Leben.

Er kann doch sein eigenes Kind nicht verleugnen, denkt sie, während sie sich das blankgemangelte Handtuch ans Gesicht drückt.

Als sie ihr Gesicht im leicht mitgenommenen Glas des Spiegels betrachtet, sieht sie zugleich ein anderes Gesicht. Das Gesicht ihres Vaters mit den dunkelbraunen, fast schwarzen Augen und dem zurückgekämmten dichten Haar, das sie so schmerzlich an ein anderes zurückgekämmtes dichtes Haar erinnert. Sie sieht ihren Vater so, wie sie sich nicht an ihn erinnern kann. Sie sieht sein Gesicht im Spiegel. Sein Gesicht tritt in den Brauntönen der alten Fotos hervor, die sie von ihm gesehen hat. Sein Gesicht gleitet im Spiegelglas nach vorn und wieder zurück und vermischt sich mit ihren eigenen Zügen, um sich schließlich darin aufzulösen.

Ein dunkles, arrogantes Gesicht – schön und uneinnehmbar. Die Anzüge vom besten Schneider der Stadt. Die vollen Lippen in einem seltenen Lächeln gekrümmt. Der unbesiegte Kampf in seinem Blick. Seine Augen waren immer unbesiegt.

Sie weiß nicht, ob sie sich wirklich daran erinnert, oder ob ihre Großmutter ihr vom Unmut des Vaters bei ihrer Geburt erzählt hat.

«Eine Tochter!» rief er aus, und sein Gesicht verfärbte sich dunkel vor Zorn und Enttäuschung.

«Eine Tochter – das kann doch nicht mein Kind sein. Ich habe mir keine Tochter gewünscht.»

Er schickte seine Mutter ins Krankenhaus, um seiner jungen Frau zur Geburt und zum gesunden Kind zu gratulieren. Die junge Frau, die das unbestimmte Gefühl gehabt hatte, daß das Kind ihr Pfand war in der hoffnungslosen Liebe zu ihrem Mann, den sie nie zu erreichen vermochte, mußte einsehen, daß das Pfand das verkehrte Geschlecht bekommen hatte. Ein Sohn hätte ihn vielleicht zugänglich gemacht, hätte ihn dazu bewegen können, sein Leben zu ändern – eine Tochter veranlaßte ihn, vor Mutter und Kind zu fliehen und erst Jahre später zurückzukehren.

Bei einer schlichten Tauffeier wurde das kleine Mädchen in Abwesenheit ihres Vaters auf den Namen Andrea getauft. Die Mutter hatte unbewußt einen Namen gewählt, der in katholischen Ländern sowohl für Mädchen als auch für Jungen benützt wird.

«Andrea . . .» sagt der Mann namens Josef und kommt ihr durchs kühlende Dämmerlicht des Zimmers entgegen.
«Josef . . .» sagt die Frau namens Andrea.
Beide bleiben einen endlosen Augenblick lang stehen, als wüßten sie nicht, ob sie auch diese Begegnung mit einem Kuß einleiten könnten. Wir, die Zuschauer, sehen, wie ihre Gesichter von der Liebe gefärbt werden, die das Wiedersehen in ihnen erweckt. Die Körper der beiden sind aufs äußerste angespannt. Beide bleiben abwartend stehen, und jeder scheint auf ein Signal des anderen zu warten. Als Andrea das geladene Schweigen dadurch zu entladen versucht, daß sie an Josef vorbei ins Zimmer hineinzugehen beginnt, ergreift er ihre Handgelenke und hindert sie daran. Einen Augenblick lang sieht es fast so aus, als wollten sie sich gegenseitig schlagen – doch dann zieht er mit einer besiegten Geste ihren Körper an sich. Sie küssen sich.
Der Kuß ist von tiefer Liebe und lebhafter Verliebtheit geprägt. Beide werden von ihrem körperlichen Verlangen überrascht. Daran merken sie, wie lange es her ist, seit sie sich in dem Verlangen begegnet sind, das jetzt diese Begegnung herbeigeführt hat. Der Kuß behält seine überrumpelnde Wirkung, beide fühlen die intime Verwandtschaft mit dem Duft und der Haut des anderen. Beide halten die Lippen des anderen so fest, als fürchteten sie, sofort verlassen zu werden, wenn sie den Kuß abbrächen.
Lautlos und fast ohne sichtbare Bewegung gehen sie langsam auf die Terrasse hinaus. Ihre Lippen sind immer noch miteinander verbunden. Ihre Bewegungen werden langsam und selbstverständlich wie der Wind, der durch ein schweres, gelbes Getreidefeld streicht. Sie schweigen immer noch.
Keiner von beiden hat bisher etwas gesagt. Einzig die gespei-

cherte Sehnsucht der Haut und der Lippen sendet dumpf lockende Rufe.

Die Dunkelheit draußen auf der Terrasse ist dicht und ebenmäßig wie die Oberfläche von matt geschliffenem Silber. Die Steine der Terrasse verströmen die verweilende Wärme des Tages.

So verlassen wir die beiden. Ausgezogen, nackt und dem ursprünglichsten Jubel des Lebens auf den warmen Steinplatten ausgeliefert. Wir verlassen sie so – in einer Szene von Glück und ursprünglicher Liebe.

Dennoch werden sie sich bald gegenseitig verletzen und sich gegenseitig die stets gleich scharfen Messer der Angst in die jubelnden Sinne stoßen.

Der Mann ist in den Armen der Frau eingeschlafen. Er schläft wie ein Kind – obwohl nichts gesagt worden ist. Während die Grillen wie verzweifelte Geigen in dem aufreizenden Pinien- und Zypressenduft spielen, erwacht er langsam und beginnt gegen das Glücksgefühl zu protestieren. Sein unterbewußtes Ich protestiert. Sein Unterbewußtes, in dem ein kleiner verstoßener, verleugneter Junge stets einen ungleichen Kampf mit der Liebe seiner Mutter und der Flucht seines Vaters führt. Ein kleiner Junge, der sich gegen das Glück wehrt. Gegen das Glück, das er als die gefährlichste Bedrohung des Lebens ansieht.

Als er die Frau an seiner Seite weckt, haben sich seine Stimme und sein Gesicht schon verändert.

Er weckt die Frau, indem er ihren Körper berührt, der unter seinen Händen schon verwandelt ist. Verändert und verwandelt durch die Schwangerschaft, die er selbst hervorgerufen hat.

Die Brüste sind schwerer, die Taille ist weicher – unter seinen Fingerspitzen fühlt sich ihr Körper schon abhängiger an.

Die Frau erwacht, und unter seiner kühlen Stimme und den veränderten Liebkosungen erwacht auch ihre eigene Kindheit. Das kleine, sich selbstverleugnende Mädchen, das nie den An-

forderungen entsprach. Die Flucht des Vaters und die Enttäuschung der Mutter, daß ihr Pfand so mißlungen war.
Der Mann und die Frau erheben sich zur Hälfte, die Sonnenwärme der Terrasse noch am Leib. Obwohl es dunkel ist, sehen wir, wie sie ihre Masken aus Stahl und Unabhängigkeit rasch und routiniert aufsetzen.
«Laß das Kind wegmachen – ich will mich nicht binden», bringt der Mann mit Mühe heraus und verflucht die Maske, die ihm an diesem Abend so gar nicht hilft.
«Du bist mir gleichgültig – mich interessiert einzig und allein das Kind», bringt die Frau mit Mühe heraus und verflucht all ihre Tränen, die selbst diese härteste Maske der Beherrschung zu sprengen drohen.
«Du hättest gleich sagen sollen, daß du nur hinter einem Kind her bist. Für diese Art von Spielen bin ich zu alt», sagt er mit einer letzten Hoffnung auf Widerspruch.
«Du brauchst dir keine Sorgen zu machen – ich übernehme die ganze Verantwortung. Du hast das Deine schon getan. Bestimmt wird es ein intelligentes Kind – in meinen Augen die Hauptsache. Ich werde nicht einmal angeben, daß du der Vater bist.»
«Warum nicht? Das ist immerhin mein Recht», sagt er und fühlt eine plötzliche eisige Kälte, als seine Maske einen kurzen unbewachten Augenblick lang aufbricht.
«Weil ich mich schäme. Ich schäme mich, daß du der Vater bist. Ich kann nur hoffen, daß das Kind keine Ähnlichkeit mit dir bekommt, in keiner Beziehung. Das würde mich anekeln.»
«Du . . .» sagt er mit einer Stimme, die nur als hilflos und aufgewühlt bezeichnet werden kann, und versucht, ihre Wange zu streicheln.
«Rühr mich nicht an – rühr mich nie mehr an! Fahr zu deiner Frau zurück und laß dich weiterhin in einer toten, vergifteten Ehe quälen – anstatt dich um dein eigenes Fleisch und Blut zu kümmern. Fahr zurück zu deinen Erfolgen, zu deinem Geld, zu

deinen Sekretärinnen und deinen wundervollen Sitzungen. Sorg dafür, daß der Stress immer auf höchstem Niveau bleibt, und verleugne weiterhin alles Lebendige in dir. Aber vergiß nicht, dich manchmal zu fragen: Wer hat mich ans Kreuz genagelt – und warum gestatte ich, daß ich hier hängenbleibe?
Stell dir ab und zu diese Frage – auch wenn du keine Antwort findest.»

## 4

Ich sitze vor meiner Schreibmaschine. Das Zimmer ist von Verdis Musik erfüllt, die mir wie eine Messe entgegendröhnt. Eine Messe über Schmerz und Schönheit der Liebe – ein Oratorium. Ich habe eine – wie ich glaube – glückliche Verbindung zwischen den Worten, die ich schreibe, und Verdis Musik gefunden. *‹Ein Maskenball›* – sämtliche Fragezeichen des Dramas sind in der Musik gegenwärtig, in den Streicherklängen, in den unerbittlich direkten Arien. Placido Domingos Stimme ist wie ein eigenes Instrument mit eigenen magischen Saiten – historisch gesehen nur mit Jussi Björling vergleichbar, der ebenfalls die Fähigkeit hatte, über sich selbst hinauszusingen, eine Oktave über der Wirklichkeit.
Meine Arbeit am Drehbuch schreitet in harmonischem Rhythmus auf eine Art voran, die ich nur als glücklich bezeichnen kann.
Draußen vor meinem Fenster gewinnt das schwankende Frühlingslicht eine neue Festigkeit und beginnt die Abende mit seinem intensiv durchdringenden Leuchten zu verlängern.
In diesen immer heller werdenden Frühlingsabenden rennt mein Sohn durch den Garten und kickt seinen Fußball vor sich her

oder spielt mit dem Hund des Nachbarn. Ab und zu stehe ich vom Schreibtisch auf und betrachte ihn von weitem. Ich genieße seine eifrigen Spiele, die seine Wangen mit glücklichem Rot färben. Ich genieße es, zu sehen, wie seine Haare mit fast menschlicher Zärtlichkeit von den milden neuen Winden nach hinten gestrichen werden.

Manchmal bleibt er stehen und sieht mich hinter der Fensterscheibe. Dann ruft er mir zu, daß ich herauskommen und mit ihm spielen soll. Seine braunen Augen sind voller Ungeduld und zugleich auch voll jener selbstverständlichen, unverdorbenen Liebe, die nur ein Kind empfinden und ausstrahlen kann.

«Komm heraus!» ruft er mit seiner fröhlichen Bubenstimme, während der Ball vor ihm herhüpft und der Hund hinter ihm über den mageren Rasen rennt, der bald in üppiges Grün übergehen und voller Sommerblumen stehen wird.

«Komm heraus!» ruft mein Sohn, der mir so entscheidend viel über echte Liebe und echte Treue beigebracht hat.

Ich schlüpfe in Jacke und Stiefel und gehe in die helle Luft hinaus. Er kommt mir begeistert entgegengerannt.

«Stehst du im Tor?» fragt er energisch und sieht mich mit seinen Augen an, die manchmal die gesamte Weisheit und Geduld einer sehr alten Seele auszustrahlen scheinen.

In solchen Augenblicken erinnern mich seine Augen stark an die Augen meiner Großmutter. Die gleiche Kraft, der gleiche Eifer und die gleiche Fähigkeit zu verzeihen, die nur bei sehr alten Menschen und Kindern zu finden sind. Meine Großmutter und mein Sohn – die einzigen Menschen, die mich etwas Entscheidendes über die Liebe gelehrt haben. Vielleicht wagen es nur sehr junge und sehr alte Menschen, echte Liebe zu schenken, Liebe ohne Vorbehalte, Liebe, die verzeihen kann.

«Stehst du im Tor?» fragt er, während ich zu ihm hingehe und ihn umarme. Ich ziehe seinen warmen, vom Spiel erregten kleinen Körper an mich. Sein dichtes braunblondes Haar riecht nach verbranntem Frühjahrsgras und nach ungebadetem jun-

gem Hund. Seine Wangen duften nach Vanille. Seine Wangen haben immer einen schwachen, fast pudrigen Vanilleduft an sich gehabt.
«Mein kleiner Jon», sage ich und halte ihn an mich gepreßt.
«Mensch, beeil dich. Es wird bald dunkel», sagt er – durch meine Zärtlichkeit in Verlegenheit gebracht.
Ich stelle mich ins Tor, das durch zwei heruntergewehte Zweige markiert ist. Ein Glück, daß meine Brüder mir in der Kindheit etwas über Fußball und Tore beigebracht haben. Damals mußte ich auch immer Torwart sein, während sie ihre geschraubten Angriffsbälle auf mich schossen.
Jetzt stehe ich auf einem noch nicht grünen Rasen und sehe, wie mein Sohn seinen Fußball durch die hellblaue Luft auf mein Tor zukickt. Ich warte und hüte das Tor. Ich hüte das Tor und warte. Wieder sind die Rollen festgelegt, wieder ist das Spiel fixiert. Ich warte und hüte, während mein Sohn aufsucht und angreift. Das Spiel wiederholt sich, und ich sage zu Jon, obwohl ich weiß, daß er nicht versteht, was ich meine:
«Eigentlich müßten die Torwarte immer Mädchen sein.»
«Du spinnst ja», sagt er. «Das geht doch gar nicht. Die sind nicht stark genug.»
«Ja, aber sie können gut warten», sage ich und streiche ihm übers Haar, das warm und feucht ist vom Spiel.
Während sich zögernd die Dunkelheit über uns senkt, gehen wir aufs Haus zu. Drinnen setze ich mich wieder an den Schreibtisch. Jon mag es gar nicht, daß ich schreibe. Er will mit mir zusammen fernsehen.
«Was schreibst du denn da?» fragt er ungeduldig.
«Das soll mal ein Film werden.»
«Und wovon handelt der?»
«Er handelt von Liebe.»
«Küsse und so ein Gemantsche?» fragt er mit dramatischem Schaudern. Er besteht darauf, alle Küsse, die er im Fernsehen sieht, als Gemantsche zu bezeichnen.

«Nein, es geht mehr um eine innere Liebe.»
«Was heißt das, innere? Was meinst du damit?»
«Zwei Seelen, die einander lieben.»
«Wie ist das, wenn sich die Seelen lieben?»
«Das ist etwas . . . ganz Besonderes. Wenn man mit dem Menschen zusammen sein darf, den man liebt, ist es ein sehr glücklicher Zustand, aber wenn man getrennt sein muß, dann ist es . . . ja, dann ist man die ganze Zeit unglücklich. Man fühlt sich wie eine Hälfte. Man ist nur ein halber Mensch. Man lebt – aber man lebt nur ein bißchen.»
«Kannst du nicht lieber einen Abenteuerfilm schreiben?»
«Das hier ist ein Abenteuer. Es endet mit einem Mord . . . ich meine . . .»
«Ein Mord? Du hast doch gesagt, daß sie so unglücklich sind und nicht ohne einander leben können!»
«Vielleicht bringt man sich gerade dann gegenseitig um – manchmal wenigstens.»
«Dann ist es also kein Krimi?» fragt er enttäuscht.
«Nein, das was du unter Krimi verstehst, ist es nicht.»
«Warum bringt er sie um?»
«Warum glaubst du, daß es ein Mann ist, der eine Frau umbringt? Hier ist es andersherum. Hier ist es eine Frau, die einen Mann umbringt.»
«Ist sie eine Hexe?»
«Nein, eine ganz gewöhnliche Frau.»
«Ist sie hübsch?»
«Ja, sie ist ziemlich hübsch.»
«Warum bringt sie ihn um?»
«Weil . . . ja, das ist schwer zu erklären . . . ich bin noch nicht soweit. Das erzähle ich dir später.»
«Ich will aber, daß du es mir jetzt erzählst.»
«Lieber Jon, jetzt gerade habe ich keine Zeit. Außerdem weiß ich es nicht so genau.»
«Natürlich hast du Zeit. Erzähl mir, warum sie ihn umbringt.»

«Weil . . . weil er – der Mann hat ein Kind getötet.»
«Ein Kind? Hat er es entführt?»
«Nein, das Kind lebte noch gar nicht. Es war noch nicht geboren. Jon, versteh doch, das hier kann ich dir nicht erklären. Ich habe dir doch gesagt, daß du gewisse Sachen noch nicht verstehen kannst – du bist doch erst acht.»
«Du hast mir gesagt, daß du mir alles erzählen willst – auch wenn ich es gerade jetzt noch nicht verstehe. Vielleicht verstehe ich es später.»
«Ja, du hast recht. Die Frau will den Mann töten, weil er sie gezwungen hat, eine Abtreibung machen zu lassen. Ich habe dir ja erzählt, was eine Abtreibung ist.»
«Ja, ich weiß. Hat er es dann bereut?»
«Ja, man kann sagen, daß er es bereut hat.»
«Warum ficken die Erwachsenen denn überhaupt, wenn sie keine Kinder haben wollen?»
«Jon, das sagt man nicht. Es heißt lieben.»
«Wenn man keine Kinder haben will, doch nicht. Dann heißt es doch nicht lieben, oder?»
«Wer hat das gesagt?»
«Das hast du gesagt.»
«Jon, jetzt mußt du still sein. Ruf doch Papa an, oder schau dir etwas im Fernsehen an. Ich muß jetzt schreiben.»
«Wie bringt sie ihn um?»
«Wie meinst du das?»
«Hat sie eine normale Pistole oder eine Maschinenpistole?»
«Das weiß ich noch nicht – soweit bin ich doch noch nicht.»
«Ich finde, sie soll ihn mit einem Messer umbringen.»
«Warum mit einem Messer?»
«Das tut mehr weh.»
«Warum willst du, daß es weh tun soll?» frage ich überrascht.
«Weil das Baby mir leid tut.»
«Aber lieber Jon, das hier ist doch nur ein Film, das darfst du nicht mit der Wirklichkeit verwechseln . . .»

«Das ist überhaupt kein Film.» Er sieht mich mit einem Ernst an, den ich nicht wiedererkenne. Sein weiches, gesundes Gesicht ist angespannt, und seine runden Wangen färben sich rot. «Das ist überhaupt kein Film – du lügst mich an, und dabei hast du versprochen, mich nie anzulügen . . .»

«Aber Jon, was willst du damit sagen?»

«Jetzt bist du dumm», sagt er mit seiner frühreifen Stimme und kommt auf mich zu.

«Mein kleiner Junge», sage ich und nehme ihn in die Arme. «Mein kleiner Jonnie – natürlich lüge ich nicht. Du mußt nur einsehen, daß du gewisse Dinge noch nicht verstehen kannst.» Er drückt mich fest an sich und legt seinen Kopf auf meine Schulter, so wie früher, als er noch ganz klein war. Dann befreit er sich ebenso rasch, wie er mich umarmt hat, stellt sich vor die Schreibmaschine und liest langsam, was auf der Manuskriptseite steht. Er sieht wieder sehr ernst aus, und sein Gesicht ist wie so oft das eines Kindes und zugleich das einer sehr alten Seele. Sein Gesicht mit den roten warmen Lippen, dem dichten Haar und den langen Augenwimpern, die ihre weichen Schatten auf die Wangen werfen, ist selten so schön gewesen wie jetzt. Mein Sohn – mein kleiner Junge – die glücklichste Verlängerung meines Lebens – das tiefste Glücksgefühl meines Lebens.

Langsam liest er lautlos weiter, bis er plötzlich ausruft:

«Josef – es handelt doch nicht von Josef?»

«Nein, nein – der Mann hat nur denselben Namen.»

«Aber wenn es Josef ist, darfst du ihn nicht töten! Josef ist nämlich echt lieb, und er hat mir versprochen, daß ich auf seinem Pferd reiten darf. Ihn darfst du nicht umbringen!»

«Nein, nein – natürlich nicht. Und warum eigentlich nicht?»

«Du liebst ihn doch, und dann wärst du hinterher nur traurig und würdest es riesig bereuen. Und wenn jemand tot ist, kannst du ihn nicht wiedersehen, bevor du selbst in den Himmel kommst, und da mußt du vorher ein Engel werden – und manchmal dauert es unheimlich lang, bis man ein Engel wird . . .»

## 5

Ich schlafe früh ein und träume von Engeln. Erleuchtete, schimmernde Engel mit menschlichen Gesichtern. Mit Gesichtern, die verschwinden und wieder entstehen, um sich erneut aufzulösen . . . Ich selbst stehe vor einem schweren Tor und hämmere dagegen, um eingelassen zu werden. Das schwere Eisentor ist verschlossen. Durch das verschlossene Tor kann ich Josefs Gesicht sehen. Erleuchtet und schimmernd, aber dennoch traurig. Ein weißer Verband ist um seine Stirn gelegt. Ein weißer, blutgefleckter Verband. Dennoch lächelt er mich mit einem zögernden, vielleicht verzeihenden Lächeln an. Er streckt mir seine Arme entgegen, aber obwohl ich ihn durch das verschlossene Tor sehen kann, komme ich nicht hindurch.

«Warum willst du mich töten?» ruft er. Dann erlischt alles Licht, und er verschwindet. Eine plötzliche, durchdringende Kälte umfängt mich.

«Vergib mir», höre ich mich selbst rufen, während die Kälte mich verfolgt.

Ich erwache von meiner eigenen Stimme, die unwirklich und eintönig schrill in die kompakte Finsternis hinausdringt. Im Zimmer ist es eiskalt, der Wind hat die Balkontür zum Garten aufgerissen. Meine Bettdecke liegt im scharfen Mondlicht auf dem Fußboden. Ich stehe in der Kälte auf, durchquere das weiße Mondlicht und schließe die Tür. Die Frühlingsnacht ist kalt und ohne Sterne.

Dann krieche ich wieder in mein ausgekühltes Bett und wickle mich fest in die Decke. Der Traum von Josefs ausgestreckten Armen, seinem Lächeln und seinen Augen voller Liebe erfüllt mich immer noch.

Warum träume ich zärtlich und liebevoll von einem Mann, den ich hasse und mit intellektueller Überlegung umbringen will? Ich wälze mich auf meinen drei Kissen, und ein paar Worte über

das Geheimnis der Träume, die ich vor kurzem gelesen habe, tauchen vor mir in der Dunkelheit auf. Sie stammen von Tschuangtse:
«Heute nacht träumte ich, ich sei ein Schmetterling. Plötzlich wachte ich auf, lag in meinem Bett und war wieder ich selbst. Jetzt weiß ich nicht mehr, ob ich ein Mensch bin, der geträumt hat, er sei ein Schmetterling – oder ein Schmetterling, der geträumt hat, er sei ein Mensch . . .»
Bin ich der Schmetterling oder der Mensch? Ist der Traum die Wirklichkeit – oder ist die Wirklichkeit der Traum? Warum entsprechen die Träume der Nacht nicht den Entscheidungen des Tages? Wie kann ich von dem Mann, der mein tiefstes Unglück verursacht hat, so glückliche Träume träumen? Warum werde ich von diesen glücklichen Träumen voller Zärtlichkeit verfolgt?
Ich versuche noch einmal einzuschlafen, aber meine Sinne verharren in einer namenlosen Grenzsituation zwischen Traum und Wirklichkeit. Ich schlafe nicht, ich träume nicht, ich bin nur von einer wachsenden Zärtlichkeit erfüllt. Ringsum werden Gedanken und Gefühle in gewichtlose Odysseen verwandelt, in aufsteigende und sinkende Sterne.
Josef – komm durch nicht vorhandene Welten zu mir.
Komm durch diese singenden hellen Welten hindurch. Nimm meine Hand und hab keine Angst. Jetzt befinden wir uns in Landschaften, wo keiner verlieren kann. Wir beide, die wir uns immer so davor gefürchtet haben, durch zu große Liebe zu verlieren.
Josef – komm durch nicht vorhandene Welten hindurch zu mir. Nimm meine Hand und lege deine Wange an meine Wange. Lege deine Wange so lange an meine Wange, bis du endlich deine eigene Wange verstehst und entdeckst. Nur durch meine Wange kannst du deine eigene verstehen. Nur durch deine Wange kann ich meine eigene verstehen. Du bist so warm – so brennend warm. Deine Wange ist fiebrig und verzweifelt.

Ich liebe mich selbst nicht – das habe ich nie getan. Nicht einmal in diesen Grenzlandschaften, in denen wir nun unsere berauschten Riten durchführen, liebe ich mich selbst.
Die Liebe kann nur durch einen anderen erlebt und befruchtet werden. Dadurch, daß wir einen anderen Menschen lieben, können wir uns schließlich selbst respektieren.
Dadurch, daß ich dich liebe, habe ich gelernt, mich selbst zu respektieren.
Komm durch nicht vorhandene Welten hindurch zu mir. Vielleicht sind wir zwei liebende Schmetterlinge, die manchmal Alpträume davon träumen, daß wir zwei Menschen sind, die sich gegenseitig hassen und sich vergessen haben?
Vernichte alle Begrenzungen. Zerschlage alle eingebildeten Widerstände. Es gibt keine Gesetze, die bestimmen, wie Menschen sich begegnen und trennen sollen. Kein Gesetz der Welt verbietet uns, uns hier in einer Landschaft ohne Grenzen zu begegnen.
Das rein körperliche Zusammensein der Menschen an Kaffeetischen und Konferenztischen bedeutet nicht unbedingt, daß sie einander begegnet sind. Viele Menschen schlafen jede Nacht im selben Bett und teilen dieselben Tage, dasselbe Leben, dieselben Umarmungen, denselben Überdruß – ohne sich jemals zu begegnen.
Sie haben sich nie berührt.
Wir haben unsere Montage nicht miteinander geteilt, und am selben Konferenztisch sind wir auch nicht gesessen.
Tag und Nacht sind für uns nicht dieselben gewesen.
Wir sind keine zwei Menschen gewesen, die zu einem «wir» zusammengeflossen sind, dessen einzige Verbindung das optisch wahrnehmbare Zusammensein ist.
Wir wissen, daß keine Grenzen notwendig sind, und du weißt, daß ich dich immer hier erreichen kann. Hier in diesen draht- und grenzenlosen Welten ohne aufgegrabene Straßen und Sackgassen.
Komm zu mir – komm durch nicht vorhandene Welten zu mir.

Ich habe dich schon als Kind geliebt. Meine Kindheit erlebte ich ebenfalls in einer nicht vorhandenen Welt. Ich kämpfte mich durch feuchte, kalte Tunnel, einem namenlosen Lichtstreifen entgegen. Ich überlebte, und jetzt weiß ich, daß du der wartende Lichtstreifen warst. Deinen Namen wußte ich nicht – ich wußte nicht einmal, daß du damals existiertest. Dennoch suchte ich die ganze Zeit nach dir. Ein höheres Bewußtsein in den innersten Geheimnissen meiner Seele suchte dich und fand dich. Erst nachdem ich dich gefunden hatte, wußte ich, daß ich mein Leben lang nach dir gesucht hatte – und wenn ich vor diesem Leben schon einmal gelebt habe, dann habe ich dich auch in meinem früheren Leben gesucht.
Oder waren wir uns vielleicht schon damals, in einem früheren Leben, begegnet? In diesem früheren Leben, das sich nie beweisen läßt? Stand unsere Begegnung schon von jeher in einem unvermeidlichen Gesetz, das von unserem Karma, von unserem Schicksal handelte? War unsere liebevolle Freude eine Reinkarnation? Haben wir uns damals an jenem heißen Julitag unter dem französischen Sommerhimmel, den wir als unsere erste Begegnung bezeichnen, möglicherweise gar nicht gefunden? Haben wir uns damals in Wirklichkeit wiedergefunden? War es nicht die plötzliche Liebe, sondern das Wiedersehen, das uns erfüllte und uns aggressiv und verwirrt machte?
Ist das, was wir als vom Schicksal bestimmt bezeichnen, eigentlich immer eine Fortsetzung des Lebens, das schon einmal war, das schon existiert hat, das schon durchlitten oder durchliebt worden ist? Ist die Liebe, die wir «Liebe auf den ersten Blick» nennen, eigentlich immer ein Wiedersehen aus einem früheren Leben – aus einer früheren Existenz, aus einem anderen Bewußtsein?
In jenem ersten Augenblick, als ich dich sah, liebte ich dich nicht. Ich erkannte dich wieder, ich sah dich wieder – aber ich kann nicht erklären, warum.
Ich habe keine logischen Erklärungen dafür, aber oft fühle ich

eine historische Zärtlichkeit, wenn ich dich sehe. Eine wesentlich tiefere Zärtlichkeit, die von weitaus mehr Jahren geprägt ist, als ich auf der Welt verbracht habe – in der heutigen Zeitrechnung, die unser Leben hier und jetzt bestimmt.
Meine Liebe zu dir ist historisch, aber das kann ich nicht beweisen. Das kann niemand.
Josef – hier in der namenlosen, fast unnennbaren Grenzlandschaft dieser Frühlingsnacht sehe ich dich und fühle – es gibt eine historische Erklärung dafür, daß nicht einmal ein Mord meine Liebe zu dir töten könnte. Der Mord würde dich töten – aber nicht meine Liebe zu dir.

## 6

Das Frühlingslicht, das sich eifrig durch die schützende Jalousie vor meinem Fenster drängt, weckt mich. Ich wache langsam auf, und die Erinnerung an die einsame Zärtlichkeit der Nacht hängt wie verweilender Blumenduft in der Luft. Ich weiß immer noch nicht, ob ich geträumt habe, oder ob die erleuchteten nächtlichen Augenblicke voller Liebe und Zärtlichkeit eine Offenbarung waren.
Die ersten Augenblicke, bevor ich ganz wach bin, ist Josefs Gegenwart in meinem Zimmer so stark, daß ich glaube, nur meine Hand ausstrecken zu müssen, um ihn neben mir zu erreichen. Meine Hand landet einsam und kühl auf der glatten Oberfläche des Kopfkissens und führt mich in die Wirklichkeit und den Beginn eines neuen Tages zurück. Die verwirrten Verwechslungen der Wirklichkeit mit Träumen und Gesichtstäuschungen, von denen die Einsamen heimgesucht werden. Wie der stolpernde durstige Wanderer in der Wüste sehe ich

überall Oasen – aber wenn ich meine aufgesprungenen, trockenen Lippen an die Wasseroberfläche führe, begegnet mir trockener Sand, der die Hitze und den Durst nur steigert.
Als ich mit meiner naiven, noch schlafenden Hand über ein steriles Kopfkissen streiche, begegnet mir nur eine noch größere Einsamkeit. Noch größere Verlassenheit befällt meine klopfenden Fingerspitzen. Mein Körper funktioniert nicht so rasch und logisch wie mein Gehirn. Mein Körper weigert sich, das zu verstehen, was mein Gehirn schon längst verstanden hat. Mein Herz, meine Lippen, meine Haut und meine Hände verschließen sich immer noch der Botschaft, die mein Gehirn ihnen vergeblich zu vermitteln versucht. Ein Traum in einer funkelnd kalten, klaren Frühlingsnacht genügt, damit meine Pulse in einen wilden Rhythmus hineingetrieben werden, der meine Lippen erneut dazu verlockt, die einzigen Lippen zu suchen, deren Verlust einen ewigen Abdruck in meiner Seele hinterlassen hat.
Ein Abdruck, der dabei ist, in eine Wunde umgeformt zu werden. Eine schmerzende, entzündete Wunde. Eine Erinnerung – die Erinnerung meiner Lippen an ein anderes Lippenpaar, an einen Kuß. An einen Kuß, der alle Fragen und Antworten enthielt. Der Kuß des Lebens. *Un bacio della vita.* Mein Körper weigert sich, zu verstehen.
Manchmal staune ich darüber, daß mein Körper die frühe, physisch unkomplizierte Abtreibung überhaupt wahrnahm. Mein Körper, dem ich damals viel eher hätte gehorchen müssen als diesem Entschluß, den Josefs Gehirn in einem seiner effektiven Büros gefaßt hatte. Vielleicht nahm er sogar einen der Computer oder Telexapparate oder seine Sekretärin zur Hilfe. Bestimmt schaute er dabei immer wieder auf die Uhr. Er ist ein Mann, der zu behaupten pflegt, ein rascher Entschluß sei besser als überhaupt kein Entschluß.
Dennoch frage ich mich natürlich, warum seine Stimme so tieftraurig klang, als er diesen Entschluß aussprach. Warum sahen seine Augen ebenso zerrissen aus, wie mein Herz es war?

Ich hätte dagegen kämpfen müssen. Die Geschichte ist voller Frauen, die ihre Kinder gegen den Willen des Vaters zur Welt gebracht haben. Tapfer haben sie ihren wachsenden Bauch mit sich herumgetragen und sind der Verachtung verschiedener Generationen und Nationalitäten voller Trotz entgegengetreten. Wenn ich nicht gewußt hätte, was ich heute weiß, hätte ich ebenfalls getrotzt und behauptet, ein Kind überlebe genauso gut und genauso glücklich ohne einen unwilligen Vater. Aber ich weiß, daß das nicht stimmt. Ich war schon als Embryo ein Pfand.

In meinen frühesten Erinnerungen weiß ich, daß ich gegen denselben Unwillen gekämpft habe, den auch mein zukünftiges Kind zu bekämpfen gehabt hätte. Gegen einen Vater, der kein Vater werden wollte.

Dennoch hätte ich dagegen kämpfen müssen, als ich dem braungebrannten, blonden und vermutlich golfspielenden Gynäkologen gegenübersaß, der mit ebenso unbeteiligter Stimme vom Eingriff sprach, als handelte es sich um eine Blutentnahme aus der Fingerspitze.

Er schaute in meine Unterlagen und sagte:

«Sie haben ja schon ein Kind.»

Aus seinem Mund klang das so, als hätte ich schon ein Auto und wollte mir erstaunlicherweise ein zweites kaufen, das ich mir doch gar nicht leisten konnte.

«Ich will dieses Kind auf die Welt bringen», antwortete ich und hörte, daß meine Stimme klang, als würde ich betteln. Ich bettelte darum, mein Kind behalten zu dürfen.

«Aber Sie können doch noch Jahre lang Kinder bekommen, zu einem günstigeren Zeitpunkt. Sie müssen doch einsehen, daß es eine große Belastung ist, ein Kind auf die Welt zu bringen, das der Vater nicht haben will. Sie werden ja ganz allein sein – und Sie sind ja ohnehin schon die alleinstehende Mutter eines Kindes.»

«Demnach dürften alle Kinder, die auf den Segen ihres Vaters verzichten müssen, nicht geboren werden?»

«Aber nein, du lieber Himmel, natürlich nicht», antwortete der Gynäkologe und lachte, als handelte es sich um eine geistreiche Partykonversation.

«Du lieber Himmel, natürlich nicht», wiederholte er, «dann würden wir wahrscheinlich sofort untergehen. Das würde einen echten Geburtenschock bedeuten.»

«Dann begreife ich nicht», sagte ich und hörte, wie meine Stimme schon wieder flehend und bettelnd klang.

«Sie müssen das tun, was Sie selbst als richtig empfinden – ich meine nur, daß Sie die Augen nicht vor den Schwierigkeiten verschließen dürfen. Außerdem stecken Sie doch mitten in einer interessanten, erfolgreichen Karriere. Da Sie schon ein Kind haben, wissen Sie, wieviel Zeit es in Anspruch nimmt und all das.»

«Erfolgreiche Frauen sollen also keine Kinder bekommen – nur weil die Gesellschaft nicht so eingerichtet ist, daß sich das Kinderkriegen reibungslos mit der Karriere vereinbaren läßt?»

«Na ja, einfach ist es auf jeden Fall nicht – außerdem sind Sie nach alldem recht deprimiert – und . . . also, eine Schwangerschaft und eine Entbindung sind keine Bagatellen.»

«Eine Abtreibung ist doch auch keine Bagatelle.»

«In diesem frühen Stadium ist es völlig risikolos und sehr einfach. Sie können anschließend sofort nach Hause gehen. Sie brauchen sich nicht einmal krank schreiben zu lassen.»

«Entschuldigung, aber wir sprechen über ein Kind – mein zukünftiges Kind», antwortete ich. Dann begann ich wegen seiner Respektlosigkeit zu weinen.

«Ich verstehe, daß Sie deprimiert sind», bemerkte er und sah mich an, als wäre ich seelisch krank. Dann fragte er, ob ich ein Rezept für Schlaf- oder Beruhigungsmittel haben wolle.

«Nein, danke – das wäre schlecht für das Kind. Das müßten Sie als Gynäkologe doch wissen.»

«Ja, aber entschuldigen Sie – Sie sind doch hergekommen, um eine Abtreibung zu besprechen. Selbstverständlich sollen Sie keine Abtreibung vornehmen lassen, wenn Sie nicht davon überzeugt sind. Rufen Sie mich am Donnerstag an und geben Sie mir Bescheid, wie Sie sich entschieden haben. So früh ist es wie gesagt völlig risikolos. Sollten Sie sich dafür entscheiden, das Kind zu behalten, können wir Ihnen dabei behilflich sein, mit einem Sozialpsychologen Kontakt aufzunehmen.»

«Sozialpsychologe?» fragte ich. «Wozu brauche ich einen Sozialpsychologen?»

«Natürlich brauchen Sie einen Sozialpsychologen. Sie haben ja keinen Vater für Ihr Kind . . .»

«Ich brauche weder einen Gynäkologen noch einen Sozialpsychologen. Ich werde mein Kind auf die Welt bringen, Sie brauchen also keine Zeit für mich zu reservieren.»

Die Tränen strömten mir über die Wangen, als ich das große Krankenhaus verließ. Dann rief ich sofort Josef an. Er klang krank und sagte:

«Es ist doch so früh.»

«Trotzdem ist es ein Mord.»

«Jetzt bist du geschmacklos», sagte er.

«Nein – nicht alle Abtreibungen sind Morde. Es gibt bestimmt Abtreibungen, die sich philosophisch und sozial verantworten lassen – die sich sogar religiös verantworten lassen. Aber viele Abtreibungen sind Morde. Dies ist ein Mord. Ich liebe dich, ich liebe das Kind, und du liebst mich . . . dann ist es Mord.»

«Aber es ist doch erst ein paar Wochen alt . . .» antwortete er. Immer noch vage und nicht besonders überzeugt, das muß ich zugeben.

«Du warst auch einmal nur ein paar Wochen alt – ich war auch einmal nur ein paar Wochen alt.»

«Liebe Andrea – mach es uns beiden doch nicht so schwer . . .»

«Wirklich ein verdammtes Glück, daß du und ich vor so langer Zeit gezeugt wurden, als Abtreibungen noch verboten waren. Begreifst du nicht, daß dank der liberalen Abtreibungsgesetze und der modernen Technik nur die garantiert willkom-

menen und geplanten Kinder je auf die Welt kommen werden?»
«Ein Kind muß willkommen sein . . . du ahnst ja nicht, wie sehr ein Kind ein Leben lang darunter leiden muß, wenn es nicht willkommen ist. Andrea, ich habe meinen Vater fast nie gesehen, du mußt mich verstehen.»
«Und du mußt mich verstehen. Ich glaube an die Kinder und ich glaube ans Leben. Die Kinder sind immer die einzige Zukunft der Menschheit. Es ist unmöglich, daß wir Erwachsenen prächtig dasitzen und als Alleinherrscher bestimmen, wann es den Kindern gestattet sein soll, in unser Leben zu treten. Wir brauchen uns nicht einzubilden, daß wir unseren Kindern ausschließlich etwas beizubringen hätten – unsere Kinder haben uns auch eine Menge beizubringen. Wir können ihre Ankunft nicht so planen, als ginge es darum, ein Haus oder einen Hund zu kaufen. Du bist ja außerdem katholisch – wie kannst du es wagen, so respektlos vom Leben zu sprechen, von der Entstehung des Menschen . . .»
«Und ich hielt dich immer für eine radikale protestantische Karrierefrau . . .» sagte er fast zu sich selbst; in seiner Stimme lagen sowohl Kapitulation als auch neue Bewunderung. Dann schlug er wieder seinen halb diskutierenden, halb geschäftsmäßigen Tonfall ein:
«Zieh den Katholizismus bitte nicht in diese Sache hinein. Wir reden nicht über Religion . . . wir reden über . . . unser Kind.»
«Unser Kind?» wiederholte ich, und die Worte blieben mir im Hals stecken.
Es war das erste Mal, daß ich ihn von «unserem Kind» sprechen hörte. Doch anstatt meine spontane Freude zu zeigen und ihn zu stützen, wurde ich wie immer von dem Mißtrauen zermalmt, das stets unsere zerbrechlichen Brücken zum Einstürzen brachte, und von dem Verdacht, daß er nur deshalb «unser Kind» gesagt habe, um seine Ziele besser durchzusetzen.
Daher schlug ich einfach in die Luft hinein und antwortete:

«Es ist mein Kind. Es ist nur mein Kind – und ich bestimme, ob es auf die Welt kommen soll oder nicht. Ich finde, daß wir unbedingt die Religion in die Sache hineinziehen sollen. Du solltest sofort deinen Priester und Beichtvater aufsuchen und erzählen, was du vorhast.»

«Warum sagst du immer, daß es dein Kind ist?»

Aber ich hatte schon den Telefonhörer aufgeknallt. Unsere Beziehung ist von zahlreichen aufgeknallten Telefonhörern begleitet worden.

Später am Tag knallte ich noch einen weiteren Telefonhörer auf. Eine anonyme Stimme aus dem Krankenhaus rief an und fragte, ob ich mit der Sozialpsychologin sprechen wolle.

«Es handelt sich um Ihre Abtreibung», sagte die Stimme und klang dabei, als würden wir über eine bestellte Theaterkarte diskutieren.

«Ich werde keine Abtreibung machen lassen – ich wollte nur über ein Problem sprechen», antwortete ich, bevor ich einsah, daß ich den Hörer möglichst schnell würde auflegen müssen, um meine menschliche Würde zu behalten.

«Dann wollen Sie den Termin am Donnerstag also nicht wahrnehmen?» fragte sie und wies darauf hin, wie wesentlich es sei, daß der «Eingriff» so früh wie möglich vorgenommen werde.

«Entschuldigung, aber bekommen Sie etwa Prozente, oder warum sind Sie alle so auf Abtreibungen versessen? Wenn Sie Sozialpsychologin sind, warum sagen Sie und Ihre Kollegen dann nicht ein einziges gutes Wort über Mutterschaft und Geburt? Warum habe ich kein einziges gutes Wort über Kinder zu hören bekommen – über das Glück, ein Kind zur Welt zu bringen? Warum bestärkt mich kein einziger Mensch in meiner Überzeugung? Warum haltet ihr mich für geistesgestört, wenn ich sage, daß ich mein Kind zur Welt bringen und es allein großziehen will? Warum hilft mir denn niemand? Ich liebe Kinder, und das größte Glück meines Lebens ist das Kind, das ich schon habe. Ist es verboten, die Geburt eines Kindes für

etwas wesentlich Schöneres und Wichtigeres zu halten, als meine gesamte Karriere und Selbständigkeit?
Ihr habt die ganze Frauenproblematik mißverstanden. Ihr glaubt, das Verleugnen all dessen, was spezifisch weiblich ist, sei die Antwort auf alle Fragen. Ihr glaubt, alle Mythen müßten gesprengt und vernichtet werden, um die Frauen zu befreien. Aber die Mutterschaft ist kein Mythos – die Mutterschaft ist eine Wahrheit. Eine Wahrheit, die größer ist als alle Mythen – sowohl die historischen als auch die künstlerischen.
Wie könnt ihr so leichtfertig über Abtreibungen sprechen, nur weil die Gesetze euch den Rücken stärken? Vor zwanzig Jahren habt ihr den Frauen, die eine Abtreibung wünschten, Besonnenheit und moralische Verantwortung gepredigt. Habt ihr denn überhaupt kein selbständiges Denken – paßt ihr eure Moral und eure Predigten immer der Gesetzgebung an?
Eine Abtreibung muß immer die allerletzte Lösung sein – wenn es keinen anderen Ausweg mehr gibt. Ihr laßt der Frau ja nicht die geringste Chance, nachzudenken.
Wie üblich habt ihr ein Gesetz geschaffen, das aussieht, als wäre es für die Freiheit und das Wohl der Frau da, das aber eigentlich nur für die Männer den großen Gewinn bedeutet – für alle jene Männer, die gerne mit einer Frau schlafen, jedoch alles bereuen und in Panik geraten, wenn diese Frau aber schwanger wird.»
«Aber es ist doch wirklich kein Glück, von einem Mann, der das Kind nicht haben will, ein Kind zu bekommen, oder?» wandte die junge Sozialpsychologin mit ausdrucksloser Stimme ein.
«Was wissen Sie schon davon? Sie reden, als wäre alles im Leben konstant. Wenn Sie die Scheidungsstatistik betrachten, sehen Sie, daß selbst alle jene Väter, die ihre Kinder haben wollten, nur ein paar Jahre später bereit sind, sie zu verlassen und ohne sie zu leben. Das kommt ebensooft vor, wie daß die Väter, die keine Väter werden wollten, es bereuen und ihre Kinder haben wollen. Sie müssen zugeben, historisch gesehen hat ein werdender Vater dem kommenden Kind gegenüber fast immer eine zö-

gernde Haltung eingenommen. Es sind immer noch die Frauen und ihre Entscheidungen, die dafür sorgen, daß die Welt in neuen Generationen, neuen Kindern weiterlebt.
Die Männer haben fast immer etwas Wichtigeres vor. Für den Mann kann das Kind immer bis später warten – auch biologisch –, da er sich sein Leben lang vermehren kann. Wenn die Frauen ihre Kinder nicht behielten und sie so heiß ersehnten, würden die Welt und die Menschheit aussterben. Daher ist es das große Glück der Menschheit, daß die meisten Frauen stärker lieben und immer noch einen romantischeren Glauben an die Liebe haben als die Männer. Ein Glück, daß so viele Frauen der Liebe und der Mutterschaft in ihrem Leben noch die Hauptrolle einräumen. Das ist ein wahres Glück, und rein philosophisch gesehen ist das eine Friedensbewegung an sich.
Wenn die Frauen ebenso vernünftig, ebenso zynisch und ebenso beherrscht lieben würden wie die meisten Männer, dann würde sich die Welt in ein erbittertes Schlachtfeld verwandeln. Es ist dem Glauben der Frauen an die Liebe und die Mutterschaft zu verdanken, daß wir es bisher geschafft haben, einen dritten Weltkrieg zu verhindern . . .»

## 7

Ich stehe auf und dusche. Es ist früh am Samstagmorgen. Jon schläft lange in seinem Zimmer. Ich putze mir die Zähne und betrachte mein Gesicht im Spiegel. Ich habe abgenommen, und meine Augen sind matt.
Als ich kaltes Wasser über mein Gesicht laufen lasse, spüre ich einen Augenblick lang einen Funken Lebenslust in mir aufsteigen. Ein ungewohntes Gefühl.

Ich ziehe mich an, und alle Gedanken und Erinnerungen des Morgens brechen wieder über mich herein. Eigentlich müßte ich mich sofort an die Schreibmaschine setzen und meine Arbeit an dem Drehbuch fortsetzen – aber ein stärkerer Impuls läßt mich den Telefonhörer abnehmen und eine Reihe Ziffern wählen. Die Ländernummer, die Ortsnummer und dann die geheime Nummer eines geheimen Schlafzimmers in einem weit entfernten Land. Ich weiß die ganze Nummernfolge auswendig, obwohl ich sie schon seit so vielen Monaten nicht mehr benützt habe. Ein Blick auf die Uhr sagt mir, daß er jetzt wach sein müßte. Er ist immer früh wach. Mein ganzer Blutkreislauf wechselt den Rhythmus, als ich die Nummer wähle. Nach ein paar Signalen höre ich Josefs Stimme sagen:
«Hallo . . .»
Sonst sagt er nichts. Er sagt hallo, und seine Stimme reißt rücksichtslos sämtliche Wunden in meinen tiefgekühlten Erinnerungen wieder auf.
Seine Stimme, die ich mehr als alle anderen Stimmen geliebt habe. Seine Stimme mit ihren vibrierenden Untertönen von Wärme und Zärtlichkeit, die selbst in diesem einzigen neutralen Wort durchklingen.
«Hallo», sagt er wieder. Seine Stimme klingt müde und traurig. Dieser offensichtliche Mangel an Energie und Lebensfreude, der aus seiner Stimme spricht, erfüllt mich mit seltsamer Befriedigung. In abschließendem Tonfall sagt er noch einmal «Hallo» und fügt dann rasch und überraschend kindlich hinzu:
«Andrea?»
Rasch lege ich den Hörer auf. Wieder hat eine anonyme Botschaft zwischen uns funktioniert. Obwohl nichts darauf schließen ließ, daß ich es war, die anrief, wußte er es dennoch instinktiv.
Nur ein paar Sekunden später läutet mein eigenes Telefon.
«Hallo», sage ich und erkenne das charakteristische Sausen des Auslandsgesprächs.

Es bleibt still. Niemand antwortet.
«Hallo», sage ich wieder und spüre, wie vielfältig die verborgenen Botschaften sind, die zwei Menschen aus einem anonymen Telefongespräch heraushören können, indem beide nur hallo sagen. Es gibt eine Million verschiedener Arten, an einem sonnigen, aber dennoch kalten Frühlingsmorgen zwischen Schweden und Frankreich hallo zu sagen.
«Hallo», sage ich, und ich weiß, daß er aus diesem einzigen Wort sowohl meine Liebe und meine Sehnsucht als auch meinen verzweifelten Haß heraushören kann.
Aber er bleibt stumm – ebenso stumm wie ich vorhin.
«Josef?» sage ich und höre, daß meine Stimme jetzt nur noch voller Liebe ist.
Meine Stimme ist von all der Liebe erfüllt, die ich mich so eifrig zu zerstören und zu töten bemüht habe. Er legt ebenso rasch den Hörer auf, wie ich vorhin es tat.
Ich bleibe sitzen und entdecke, daß meine Hände zittern. Dann schäme ich mich meiner Reaktion und fühle, daß ich mit irgendeinem Menschen sprechen muß. Über alle diese Dinge, die ich mir selbst nicht einzugestehen und die ich nicht zu verstehen wage, muß ich mit einem anderen Menschen sprechen.
Rasch rufe ich meinen Freund Jan an, den Arzt und Psychiater. Ich bin zwar nie seine Patientin gewesen – aber wir sind beide füreinander so eine Art Telefonseelsorge geworden.
Seine Stimme klingt wie üblich ruhig und voller Humor.
«Aha, du glaubst also, du seist auf dem besten Weg, überzuschnappen. Das ist eines der zuverlässigsten Gesundheitszeichen, das man sich überhaupt vorstellen kann.»
Ich erzähle ihm von dem Telefongespräch und daß ich mir wie ein verstohlen telefonierender Backfisch vorkomme.
«Ja, das wirkt tatsächlich etwas infantil – aber so ist die Liebe nun mal. Auf jeden Fall ziemlich kindisch, meine ich. Das haben wir doch alle ab und zu getan – die Person, die wir lieben, angerufen und nur ins Telefon hineingeatmet. Du kannst dich ja

damit trösten, daß er sich genauso kindisch benimmt – genauso infantil. Aber ich habe ja schon immer behauptet, daß eine Liebesgeschichte eine sehr infantile und freud'sche Angelegenheit ist.
Ihr leidet beide unter ausgeprägten Vaterkomplexen und müßt euch außerdem noch mit einem Mutterkomplex herumschlagen. Die Ansprüche, die ihr aneinander stellt, sind ja von vornherein zum Scheitern verurteilt. Du möchtest einen neuen Vater haben – einen stellvertretenden Vater, den du nach Belieben schlagen und umarmen kannst, weil du als kleines Mädchen deinen eigenen Vater nie schlagen oder umarmen durftest.
Da er ja keine Erfahrungen darin hat, was ein Vater eigentlich ist, kann er diesem Wunsch nicht entsprechen – und daher ist er von allen Männern am wenigsten dafür geeignet, deinen Vater zu spielen. Aus irgendeinem Grund hast du dennoch ausgerechnet ihn gewählt – während er hinter einem eigenen Vater herjagte, vielleicht sogar durch dich, da er seine Mutter schon als Kind als eine dominierende und sehr selbständige Frau erlebt hatte.»
«Aber hör mal, Jan, das alles ist doch schon so lange her. Inzwischen sind wir immerhin denkende Menschen geworden.»
«Andrea – wenn überhaupt jemand, dann mußt du doch wissen, daß wir nie älter als vier Jahre werden. Vor allem in der Liebe nicht. Du und Josef, ihr seid ja die besten Paradebeispiele dafür. Zwei erwachsene, intelligente, selbständige und erfolgreiche Menschen, die das große Spiel der Unabhängigkeit und Beherrschung miteinander spielen. Da sitzt ihr dann und spielt moderne Europäer und Zeitgenossen und lügt euch dabei die ganze Zeit die Hucke voll. Keiner wagt als erster die Maske abzuwerfen.
Du mußt zugeben, daß ihr jedesmal, wenn ihr zusammen wart, sowohl eure Wiege als euer Kinderzimmer mitgeschleppt habt, ohne es zu merken. Ihr seid nur zwei abgelehnte, unglückliche Kinder gewesen, die auf nichts anderes gewartet haben, als daß

der andere mit dem großen Trost und der großen Ruhe ankäme.»

«Von meinem Trost wollte er ja gar nichts wissen», antworte ich bockig und höre, daß meine Stimme schon ein paar Oktaven hinuntergerutscht ist – direkt in die Kindheit hinunter.

«Und was glaubst du wohl, was Josef auf dieselbe Bemerkung antworten würde? Daß du seinen Trost ja gar nicht haben wolltest? Das könnte ich fast beschwören. Ihr seid beide klassische Fälle – die Tragik liegt darin, daß ihr ausgerechnet aneinander hängengeblieben seid. Zwei verletzte, unsichere Kinder im schlimmsten Trotzalter und mitten in ihrer ödipalen Phase können sich gegenseitig nicht viel an Hilfe und Geborgenheit geben. Meine stehende Rede – du müßtest dir einen stabilen Mann aussuchen, der eine glückliche Kindheit und ein gutes Verhältnis zu Vater und Mutter gehabt hat.»

«Mein lieber Jan, fang jetzt nicht schon wieder mit deinen ödipalen Phasen an – ich bin wirklich auf dem besten Weg, verrückt zu werden, und hierbei handelt es sich nicht in erster Linie um einen Ödipuskomplex!»

«Andrea – ich habe dir schon tausendmal zu erklären versucht, daß ein Mann mit Josefs psychischem Hintergrund so reagieren muß, wie er es tut. Das Kind in ihm reagiert so – da die Wunden des Kindes in ihm noch nicht verheilt sind. Er ist ein kleiner verletzter vierjähriger Junge, und er weiß nicht, was du meinst, wenn du ihm indirekt vorwirfst, daß er nicht väterlich sei.»

«Bitte, Jan, sprich nicht so über ihn . . . du rührst mich zu Tränen, und das ist das letzte, was ich will. Außerdem finde ich, daß du eine ziemliche Schönfärberei betreibst. Vergiß nicht, daß er sich erst vor kurzem für meine Abtreibung warmgeredet hat.»

«Ja, und vergiß nicht, daß ich dich gewarnt habe. Ein Mann mit seinem Hintergrund kann es nie akzeptieren, Vater zu werden, bevor er seine eigenen frühesten Probleme gelöst hat. Er wird ein Kind stets als die größte Bedrohung des Lebens ansehen.»

«Schon wieder Ödipus, oder wie?»

«Ja, da gibt es keine Ausnahmen. Laut Freud – und als praktizierender Psychiater bin ich ganz auf seiner Seite – erlebt jeder Junge und jedes Mädchen in der frühesten Kindheit eine komplizierte ödipale Phase. Der kleine Junge liebt seine Mutter – da seine Mutter die erste Person des anderen Geschlechts ist, mit der er in Berührung kommt. Da er seine Mutter so heiß und leidenschaftlich liebt und zum erstenmal in seinem Leben kindliche erotische Gefühle für sie empfindet, möchte er seinen Vater in seiner Phantasie töten, um allein mit seiner Mutter glücklich zu werden. Der Vater ist die große Bedrohung. Also muß der Vater nach dem antiken Vorbild getötet werden. Der Unterschied liegt darin, daß der vierjährige Junge dies in der Phantasie erlebt. Der kleine Junge malt sich in seinen Träumen aus, wie er seinen Vater töten wird – versucht es aber nie oder nur selten in der Praxis.

Wenn die Mutter eine kluge und liebevolle Mutter ist, nimmt sie die erste Liebe des Sohnes an, der kleine Junge steht seine ödipale Phase glücklich durch und gibt seinen Wunsch auf, den Vater zu töten, da er einsieht, daß er seinen Vater ebenfalls braucht.

Wird dieses Erlebnis unglücklich oder gar nicht gelöst oder verhindert, dann wird der kleine Junge als erwachsener Mann sich stets Frauen aussuchen, die ihn ebenso abweisen wie die Mutter. Er wird sich Frauen aussuchen, die ihn physisch und psychisch an die Mutter erinnern – als erwachsener Mann wird er das zu lösen versuchen, was der kleine Vierjährige in ihm zu lösen verlangt. Dies kann man ihm jedoch nie sagen – wenn er kein ungewöhnlich gutes Bewußtsein für psychische Dinge besitzt oder eine Analyse durchgemacht hat.»

«Also sind wir alle verkleidete Vierjährige, die hinter ihren Müttern und Vätern herjagen?» frage ich.

«Ja, mehr oder weniger. Das kleine Mädchen erlebt ja dasselbe mit ihrem Vater, in den sie sich im Alter von vier bis fünf Jahren verliebt. Das ist auch der Grund, warum so viele erwachsene

Frauen in ihrem Liebesleben eine Vaterfigur suchen. Sie suchen erwachsene Männer, die sie an die Vaterfigur ihrer Kindheit erinnern.
Wir glauben, daß wir die Bücher, die in unserem Kinderzimmer geschrieben wurden, als Erwachsene vervollständigen oder in ihnen herumradieren können. Doch der Grundtext bleibt konstant. In unserem Gefühlsleben werden wir selten älter als vier Jahre alt – die meisten von uns befinden sich ewig mitten in einem ödipalen Krieg. Hoffnungslos in Vater oder Mutter verliebt – hoffnungslos von Vater oder Mutter gehindert – hoffnungslos daran gehindert, denjenigen zu töten, der uns hindert. Ein Kinderkammerspiel in erwachsener Fassung, mit erwachsenen Ersatzakteuren für Vater und Mutter.»

«Aber ich will meinen Vater nicht töten», wende ich ein.

«Ich wußte nicht, daß du überhaupt jemand töten willst. Du klingst ja fast so, als meintest du es ernst. – Wen willst du denn töten?»

«Josef.»

«Andrea – um Gottes willen –, weißt du, was du da sagst?»

«Ja, das weiß ich.»

«Soll ich mich als Arzt oder als Freund äußern? Du machst mir fast angst.»

«Äußere dich zuerst als Arzt, dann wirst du schon sehen, ob du noch mein Freund sein willst.»

«Dein Freund bleibe ich immer – was auch geschieht. Aber das hier kann doch nicht dein Ernst sein? Gut, ich verstehe, daß die ganze Geschichte eine beachtliche Menge aggressiver und infantiler Gefühle ins Leben ruft. Das kleine Mädchen in dir will seinen Vater töten – doch das wagst du nicht einmal in der Phantasie. Also entscheidest du dich für Josef.»

«Als Mädchen müßte ich meine Aggressionen doch gegen meine Mutter richten?»

«Ja, aber vergiß nicht, daß du ein gehemmtes und unterdrücktes kleines Mädchen bist – das heißt, das Kind in dir ist gehemmt und unterdrückt. Das Kind in dir ist noch nicht einmal so weit gekommen. Die Bedrohung durch die Gefühle, die dein Vater in dir erweckt, wird durch das Kind in dir symbolisiert. Also sucht die erwachsene Frau den Mann aus, der sie am meisten an den Vater erinnert – nämlich Josef. Er muß sterben. Außerdem hat er dir dein Kind genommen – so siehst du es wenigstens. Aber Andrea, es ist höchste Zeit aufzuwachen – du mußt jetzt erwachsen reagieren. Du kannst doch nicht im Ernst auch nur mit dem Gedanken spielen, ihn zu töten. Such ihn lieber auf und sprich dich mit ihm aus. Alles muß auf einem tragischen Mißverständnis beruhen – davon bin ich überzeugt. Da ich euch beide kenne, kann ich ja den Mittler spielen, wenn du willst.»

«Du sagst, ich solle erwachsen reagieren – und gleichzeitig sagst du, es gebe keine erwachsenen Menschen.»

«Als Arzt möchte ich behaupten, daß ein emotional erwachsener Mensch etwas sehr Seltenes ist. Und zwar, weil fast keine Eltern die Kraft oder die Fähigkeit haben, ihren Kindern eine glückliche Lösung des ödipalen Konflikts zu geben. Dies ist der größte, heißeste, tiefste und ernsthafteste Konflikt unseres Lebens – unsere erste unsichere Liebe zu unserer Mutter oder unserem Vater. Und dazu die drohende Eifersucht auf den Partner, der uns im Wege steht. Wenn wir dies harmonisch lösen können – ja, dann können wir das ganze Leben harmonisch lösen und großzügige, ausgewogene, reife Menschen werden, die anderen etwas geben können, anstatt immer nur verzweifelt zu fordern und zu nehmen, zu zertrampeln und zu erschlagen.

Begreife doch, Andrea – die einzige Botschaft, die ich an die Menschheit habe, ist dies:

Weise nie ein kleines Kind zurück. Weise nie ein kleines Kind zurück.

So beginnen alle Kriege und alle Morde, aller Sadismus und alle psychischen Folterungen. Eine Mutter oder ein Vater weisen ein kleines liebendes Kind im Unverstand zurück. Dann setzt sich die Grausamkeit fort, und ein ganzes Leben wird von einer einzigen großen Sehnsucht nach Trost und Rache geprägt.»

«Und das ist es also, was ich gerade durchmache? Die Sehnsucht nach Trost und Rache? Ist das der Grund, warum ich Josef umbringen will?»

«Herrgott noch mal, du liebst Josef, und er liebt dich – aber eure Kindheitserlebnisse sind euch im Wege. Die erwachsene Andrea sieht natürlich ein, daß Josef sie liebt und nur ein wenig Geborgenheit und Unterstützung braucht, um seine Scheidung durchführen und sein Leben ändern zu können. Aber in deinem Inneren sitzt ein kleines zurückgewiesenes Mädchen von vier Jahren und redet der erwachsenen Andrea ein, daß sie getäuscht sei und eigentlich überhaupt nicht geliebt. Dasselbe gilt für Josef – im tiefsten Innern seiner Seele sitzt ein kleiner Junge und warnt den erwachsenen Josef. Frauen sind unzuverlässig – Frauen lassen dich im Stich – Frauen weisen dich zurück – Frauen sind gefährlich und können dich so tief verletzen, daß du es nicht überlebst.»

«Aber das Kind – er hat doch verlangt, daß ich das Kind wegmachen lasse!»

«Du hast mir nie erzählt, warum du schließlich doch in eine Abtreibung eingewilligt hast. Dabei habe ich kaum je eine Frau erlebt, die so fest davon überzeugt war, daß sie ihr Kind behalten wollte. Ich habe dich bisher nicht fragen wollen, da mir klar war, daß irgend etwas Schmerzliches vorgefallen sein mußte . . .»

«Ja, etwas zutiefst Schmerzliches.»

«Willst du es mir nicht erzählen? Vielleicht erleichtert es dich ein wenig, darüber zu sprechen.»

«Ich bekam . . . einen Brief von seiner Frau.»

«Von seiner Frau?»

«Ja, sowohl von seiner Frau als auch von ihrem Anwalt. Beide betonten, daß Josef sie um Hilfe gebeten habe. Sie sollten mich davon überzeugen, daß sein einziger wirklicher Wunsch eine

Abtreibung und die Trennung von mir sei. Dieser . . . dieser Brief war so widerlich, so demütigend. Fast wie ein weiterer Mord . . . mir tut immer noch alles weh, wenn ich nur daran denke. Seine Frau schrieb, daß Josef sich unter keinen Umständen scheiden lassen wolle und daß es für ihn eine regelrechte Tragödie sei, von mir ein Kind zu bekommen. Wenn er überhaupt noch weitere Kinder in die Welt setzen wolle, dann mit ihr . . .»

«Hör auf, Andrea – das klingt ja ganz einfach ungeheuerlich! Merkst du denn nicht, wie wahnsinnig das Ganze klingt? Seine Frau kann doch gar keine Kinder mehr bekommen! Du lieber Himmel, das ist doch einfach absurd . . . du willst doch nicht behaupten, daß du diesen Brief ernstgenommen hast?»

«Ich las ihn und – ja, jetzt hinterher schäme ich mich, aber ich schluckte eine Unmenge Schlaftabletten –, und dann ging es mir hundeelend und, ja, den Rest kennst du. Ich rief dich mitten in der Nacht an und kam dann ins Krankenhaus. Dort bettelte und bat ich um eine Abtreibung. Übrigens, zu betteln brauchte ich nicht. Alle hielten meine Entscheidung für sehr vernünftig.»

«Verdammt, wenn du mir doch gleich die ganze Wahrheit gesagt hättest! Warum zum Teufel hast du mir nicht die ganze Geschichte erzählt?»

«Das war alles so demütigend, und ich schämte mich für den Brief und weil ich Josefs Liebe so mißverstanden hatte. Weil ich . . . so zurückgewiesen worden war. Ja, du hast recht – ich schämte mich, weil ich zurückgewiesen worden war. Dann schämte ich mich wegen der Tabletten, daß ich plötzlich hatte sterben wollen – ich, die ich so stark gewesen war, so fest davon überzeugt, ein neues Leben in die Welt setzen zu wollen.»

«Aber irgendwann – wenigstens hinterher – mußt du doch eingesehen haben, daß der Brief ein kompletter Bluff war. Sie hat dich ganz einfach aus ihrem Revier verjagt – und ausgerechnet du von allen Menschen hast dich verjagen lassen. Ich kenne Josef doch, und das eine kann ich dir sagen, dieser Mann würde es seiner Frau, von der er sich seit vielen Jahren zu trennen versucht, nie gestatten, dir einen Brief zu schreiben. Begreifst du jetzt, was ich den ganzen Morgen versucht habe, dir zu sagen? Wenn du als Kind ein geliebtes und akzeptiertes kleines Mädchen gewesen wärst, hättest du als erwachsene Frau eingesehen, daß dieser Brief nichts als eine Drohung und ein Bluff war. Aber da du alles glaubst, was deine eigenen tiefsten Zweifel daran bestätigen, daß du jemals um deiner selbst willen geliebt worden bist, hast du diese Botschaft umgehend kritiklos akzeptiert.»

«Du lieber Gott – ich habe das Gefühl, aus einem Alptraum aufzuwachen – du hast ja recht. Und dann mein Brief an Josef . . . o Gott!»

«Was hast du Josef geschrieben?»

«Ich war so verletzt – ich wollte ihn ebenfalls verletzen, und da sowieso alles hoffnungslos und verloren war, wollte ich dafür sorgen, daß er ebensoviel litt wie ich. Das einzige, womit ich ihn erreichen konnte, war mein Haß.»

«Was hast du geschrieben?»

«Daß ich heiraten würde – daß ich jemanden heiraten würde, den ich kürzlich kennengelernt hätte . . . und daher sei es selbstverständlich, daß ich mich schließlich doch für eine Abtreibung entschieden habe – für die Abtreibung, die er ja so dringend gewünscht habe.»

«Andrea – ihr tut mir beide leid. Ihr seid ja beide vollkommen manipuliert. Nun ja – ich kann mir auf jeden Fall eine Person vorstellen, der es im Augenblick wahrscheinlich ganz ausgezeichnet geht – nämlich Josefs Frau. Seine Frau scheint eine Dame zu sein, die weiß, was sie will und wen sie besitzt – oder wen sie glaubt, rechtmäßig zu besitzen. Außerdem ist das Ganze natürlich ziemlich tragisch – du hast sein Kind erwartet – sie kann keine mehr bekommen – sie haben nie Kinder bekommen. Jetzt riskiert sie, ihren Mann zu verlieren, der außerdem schließlich das Kind bekommen wird, das sie ihm nie schenken konnte.»

«Hör auf. Du bist viel zu romantisch – sie wollte nie Kinder haben, und er auch nicht.»

«Laß mir meine Auffassung – ich glaube und bin davon überzeugt, daß er mit dir Kinder haben wollte, aber in verspätete ödipale Panik geriet. Wenn du nicht von der gleichen Panik gepackt worden wärst, hättet ihr das Problem in Ruhe besprechen können.

Außerdem wissen wir nicht, was für Informationen er von seiner Frau oder von irgendeiner anderen intriganten Person erhalten hat. Vergiß nicht, daß die Welt voller Menschen ist, deren besonderes Hobby es ist, die Freude zu töten und die Chancen anderer Menschen, glücklich zu werden, zu zerstören.»

«Was soll ich tun – ich fühle, daß ich kaum noch weiterkann. Und das ist nicht meine Art – das weißt du. Aber was soll ich tun?»

«Für den Anfang kommst du heute abend zu mir. Zuerst gibt es Abendessen – ich bin kein besonders guter Koch, aber das bist du auch nicht, also mußt du mit dem vorliebnehmen, was es gibt.

Dann kommen ein paar Freunde vorbei, unter anderem eine Frau aus Mexiko, die du ganz einfach kennenlernen mußt. Ich glaube, ich habe ihren Namen schon einmal erwähnt – Tamara Rodrigues. Sie hat dieses Buch über das Übersinnliche geschrieben: ‹*Die unbegrenzte Wirklichkeit*›. Sie ist Psychoanalytikerin, beschäftigt sich aber sehr viel mit okkulten Dingen. Eine unglaublich starke Persönlichkeit, die sehr viel Kraft ausstrahlt. Sie bringt ihre ‹Gaben›, oder wie man es sonst nennen will, in die ganze psychologische Wissenschaft ein.»

«Liest sie einem die Zukunft aus den Karten oder aus dem Kaffeesatz?» frage ich leicht ironisch.

«Nein, nein, um Himmels willen – sie sitzt ganz einfach vor dir und ‹sieht›. Ich kann es nicht erklären – aber sie ist ganz phantastisch. Sie bleibt ein paar Tage in Schweden, dann geht sie auf eine Vortragsreise durch die USA. Ich glaube, daß sie dir gerade

jetzt sehr helfen könnte. Bring Jon einfach mit, wenn du keinen Babysitter auftreiben kannst. Ich kann euch abholen – mein Auto ist endlich wieder in Ordnung.»
«Jan, du bist wunderbar, und ich komme! Du ahnst nicht, wie sehr du mir mit diesem Gespräch geholfen hast ... ich weiß kaum, was ich sagen soll ...»
«Na, na ... jetzt wird die coole Dame plötzlich verlegen, will mir scheinen. Aber vergiß nicht, auch wenn es dem kleinen Mädchen in deinem Innern schwerfällt, es zu glauben: Es gibt Menschen, die dich um deiner selbst willen lieben, genauso wie du bist, mit all deinen Schwächen und Stärken. Du weißt, daß ich dich auf diese Art liebe – und ich glaube, daß du mich auf dieselbe Art liebst.
Du mußt wissen, daß du mir immer alles erzählen kannst – und daß ich dich unverändert lieben werde.»
«O Jan – jetzt machst du mich völlig sprachlos. Ich fange gleich an zu weinen. Ich bin deiner Freundschaft nicht wert.»
«Bitte sehr, da kommt es schon. Wann wirst du endlich an dich selbst und deinen Wert glauben? Komm jetzt heute abend zu mir, du Dummkopf, und sei froh, daß du mich nicht auch noch als Frau anmachst – ja, aber nicht zu sehr, ha, ha ... Dann würdest du nur anfangen, dich mit mir herumzuschlagen und an mir zu zweifeln. Sei froh, daß ich ‹nur› auf deine Seele scharf bin – und daß ich deine Seele vor allem wegen ihrer Güte und großen philosophischen Schönheit schätze.»
«Jan, jetzt nimmst du mich auf den Arm – das habe ich schon die ganze Zeit geahnt», sage ich lachend.
«Nein, aber ich werde ebenfalls verlegen, wenn ich große, wesentliche Komplimente machen will. Sieh zu, daß du heute abend rechtzeitig kommst und bring Knoblauch und Brot mit, das habe ich nämlich vergessen.»
Ich lege den Hörer auf, der nach unserem langen Gespräch ganz heiß ist. Dann bleibe ich lange auf der Bettkante sitzen. Draußen vor den eisigen Fensterscheiben ist eine große,

warme Frühlingssonne aufgegangen. Ich lasse eine Hand auf dem Telefonhörer liegen. Mit der anderen wische ich mir die Tränen ab, die mir langsam über die Wangen laufen. Es ist das erste Mal, daß ich über die Freundschaft lächeln und zugleich weinen muß. Freundschaft – dieses schöne, beinahe vergessene Wort . . .

## 8

Ich gehe ins Kinderzimmer und wecke Jon. Er schläft, von seinem eigenen Frieden umgeben und von immer stärker strömendem Licht, das die Hoffnung auf den Frühling birgt, auf den Frühling, der ein weiteres Mal in heißem Triumph die Kälte und Dunkelheit des Winters besiegen wird.
Durch das plötzliche Lichterspiel der Sonne gehe ich über die Flickenteppiche zu Jons Bett hinüber. Die Liebe zu Jon schlägt wie eine warme Springflut aus Glück über mir zusammen. Dieselbe Liebe, die ich seit seiner Geburt täglich empfunden habe. Seit ich sein Gesicht an jenem dunklen Dezemberabend zum erstenmal sah, habe ich täglich jedesmal dieselbe fast übermenschliche Liebe empfunden, wenn ich in sein Gesicht geblickt habe. Sein Gesicht, das stets ein Bild des Glücks ist.
Ich bleibe stehen und betrachte den schlafenden Jungen. Auf dem Schreibtisch neben seinem Bett stehen eine Menge Spielzeugautos und ein kompliziertes Bauwerk. Er liegt auf dem Bauch und hält ein abgewetztes Stoffhäschen an seine Wange gepreßt. Das Häschen hat er schon als Baby bekommen. Neben ihm liegt ein «Superman»-Heft auf dem Kissen. Ich muß über die Kontraste lächeln, diese Kontraste, die sein Leben begleiten

und viele äußere und innere Konflikte verursachen werden. Das weiche Stoffhäschen und der harte Superman.
«Mein kleiner Junge», sage ich und wecke ihn vorsichtig.
«Mama», sagt er und zieht mich im Halbschlaf an sich. Dann schlägt er seine großen braunen Augen auf und sieht mich voller Eifer an. «Ist heute Samstag?»
«Ja, heute ist Samstag.»
«Dann kommt Papa heute», sagt er, und dabei strahlt sein Gesicht vor Liebe. An dieser Liebe habe ich keinen Anteil mehr, es ist die Liebe eines Vaters zu seinem Sohn, die Liebe meines Sohnes zu seinem Vater. Einst haben wir alle drei diese Liebe geteilt – jetzt haben wir schon Geheimnisse und kleine, abgeschlossene Kammern, in die wir nur noch zu zweit hineindürfen. Wir sind nicht mehr zu dritt.
«Können wir nicht alle drei zusammen frühstücken? Dann kannst du das Samstagsomelett machen?» fragt Jon und sieht mich mit gewinnendem Lächeln an.
«Gut, ich rufe Papa an, und frage ihn, ob er Zeit hat», verspreche ich und küsse Jons noch schlafwarme Stirn.
«Versprich, daß du dann auch ein Samstagsomelett machst!»
«Natürlich», sage ich und fühle, wie ein melancholischer Schmerz mir ins Herz schneidet. Ich muß an die vielen glücklichen Frühstücksstunden vor der Scheidung denken. Bevor alles verändert wurde. An Jons Begeisterung für ein ganz bestimmtes Omelett, das er immer als Samstagsfrühstück bekam.
«Bist du traurig, Mama?» fragt er und nimmt blitzschnell meine Gedanken wahr.
«Nein, nicht direkt.»
«Nur ein klein bißchen traurig?» fragt er mit so ernster Anteilnahme, daß wir beide lachen müssen.
«Versprich mir, daß du Papa jetzt anrufst», ruft er, bevor er ins Bad hinausstürmt.
Bevor ich den Frühstückstisch decke, rufe ich Alex an und erzähle ihm von Jons Wunsch.

«Prima – ich habe noch nicht mal Kaffee getrunken. Ich komme gleich.» Alex' Stimme klingt fröhlich. Meine Melancholie nimmt zu.

Während ich und Jon den Frühstückstisch decken, fährt Alex' altvertrautes Auto vor die Garage. Jon läßt alles stehen und liegen und stürzt fast ekstatisch in den Garten hinaus. Ich höre sein wildes Freudengeheul und sehe durchs Fenster, wie er Alex umarmt und ihn dabei fast umwirft.

Verhalten wir uns jemals richtig – gibt es jemals eine Scheidung, die den Kindern nicht schadet? denke ich, während ich im hereinströmenden Sonnenschein das Eiweiß schlage. Draußen vor dem Fenster steht mein Sohn – mein geliebter Sohn, und klammert sich an Alex, der bis vor kurzem mein Mann war, mein bis vor kurzem geliebter Mann.

O Gott – warum muß ich in so einer verdammten Zeit leben, denke ich. Nur eine Frauengeneration früher muß alles so viel einfacher gewesen sein. Ungerechter und natürlich auch unterdrückter – aber so viel einfacher. Die Richtlinien waren so viel gerader, die Verhaltensregeln so viel klarer. Eine verheiratete Frau und Mutter verliebte sich ganz einfach nicht mit blinder Leidenschaft, sie wußte, wo sie hingehörte, blieb an ihrem Platz und litt. Heutzutage geht sie auf und davon und folgt ihren Gefühlen – und die Kinder bleiben zurück und leiden.

Das kann mir alles gestohlen bleiben, denke ich und schlage das verdammte Eiweiß noch fester.

Dieser ganze Aufbruch – alle Anklagen, aller Schmerz, alle Ungewißheit, alle Verletzungen, alle Streitigkeiten – und dann das Schlußresultat: Einsamkeit. Einsamkeit, die sich hinter einem schönen, allumfassenden Wort verbirgt: Selbständigkeit.

Damals, als dieser Reporter von der Frauenzeitschrift mich nach der internationalen Premiere meines Theaterstücks interviewt hatte, hatte ich geantwortet: «Ich lebe allein – meine Arbeit und mein Sohn nehmen meine ganze Zeit in Anspruch.»

Als ich die Zeitschrift durchblätterte und die fertige Reportage

las, entdeckte ich, daß noch weitere drei sogenannte Karrierefrauen die gleiche tapfere Äußerung von sich gegeben hatten: «Ich lebe allein – meine Arbeit und mein Kind nehmen meine ganze Zeit in Anspruch.»
Welch eine elegante Lüge. Zumindest von mir.
Wann würde jemand es wagen, die immer fadenscheinigere Lüge von der unerhörten Karriere und Selbständigkeit aufzudecken? Wann würde jemand es wagen, vorzutreten und das auszusprechen, was sich immer häufiger nach dem ganzen Engagement, nach all den Aufbrüchen, all den Scheidungen und all den Leidenschaften als Wahrheit herauskristallisierte:
«Ich lebe allein – ich werde von der Einsamkeit zerrissen. Ich hasse meine Arbeit, ich habe Angst davor, die Hauptverantwortung für mein Kind nicht allein tragen zu können. Warum hat mich niemand rechtzeitig gewarnt?»
Natürlich trifft es nicht zu, daß ich meine Arbeit hasse – ganz im Gegenteil, denke ich, während ich die Omelettmasse in die heiße Pfanne fließen und sie an den Seiten leicht hinauflaufen lasse, damit das Omelett locker und schaumig wird, wie mein kleiner Sohn es liebt.
Ich hasse meine Arbeit nicht, aber welch eine Armut, welch eine elende Armut in jedem Leben, in dem Arbeit und Karriere die Hauptrolle spielen. Kein Wunder, daß man da vereinsamt. Kein Wunder, daß die Liebe flötengeht und daß nicht einmal ein in Frankreich lebender Ungar mittleren Alters Lust oder Kraft hat, mich zu lieben.
Was hatte diese Frau in den Alpen damals noch gesagt? Die alte Frau in den österreichischen Alpen, die mich fragte, wie viele Kinder ich habe:
«Eines», hatte ich stolz geantwortet. «Ich habe einen kleinen Sohn.»
«Oh, Sie Ärmste – nur ein Kind», hatte sie erwidert und mich tröstend in die Arme genommen.
Die alte Frau war die Mutter des Skihotelbesitzers gewesen.

«Ich werde darum beten, daß Sie bald noch mehr Kinder bekommen», hatte sie gesagt und mich ernst angeschaut.
«Vielen Dank, aber ich bin zufrieden. Nur weil man Kinder lieb hat, braucht man nicht unbedingt viele Kinder zu haben. Außerdem bin ich voll berufstätig. Meine Arbeit ist auch wichtig.»
«Arbeit», hatte sie erstaunt geantwortet. «Aber meine Liebe – eine Arbeit kann man doch nicht in den Arm nehmen. Eine Arbeit kann man nicht trösten – wenn man alt ist, bleibt einem von der Arbeit eigentlich gar nichts.»
Natürlich hatte sie zum Teil recht. Ich dachte oft an ihre Worte und an ihre leidenschaftliche Überzeugung. Als ich ein paar Monate später zum 60. Geburtstag der berühmten Schauspielerin nach London eingeladen war, mußte ich ganz besonders an die Worte der alten Österreicherin denken.
Ich stand in der Reihe all der mehr oder weniger aufrichtigen Gratulanten und dachte an die wehmütige Realität, die sich hinter den vielen kostbaren Geschenken, den Fernsehkameras und den hochgehaltenen Fotoapparaten der Presseleute verbarg.
«Heute ist ein wundervoller Tag, und ich bin dankbar für ein wundervolles Leben. Vor allem, weil ich so viele andere Frauen dazu inspirieren durfte, den Mut für eine eigene Karriere aufzubringen, aus ihren gewohnten Rollen aufzubrechen.»
Sie hatte ihr berühmtes, charmantes Lächeln gelächelt. Das Alter hatte ihr gefeiertes Gesicht und ihre vergötterte Figur nun schließlich doch eingeholt. Natürlich fragte keiner der zahlreichen Vertreter der Weltpresse sie, warum sie nie ein Kind bekommen habe. Auch fragte keiner, was für ein Gefühl es sei, sechzig zu werden – die Liebe der ganzen Welt erobert zu haben und dann völlig einsam in einem zufälligen Regen aus Fotoblitzen dazustehen. Einsam, nur von Fremden umgeben, die sich Freunde nannten, und von Kollegen, die immer noch ihre Konkurrenz fürchteten.
Ich wußte, wie ihre wirklichen Gefühle waren. Sie hatte es mir bei einer Gelegenheit gestanden und mich auch gewarnt.

«Warte nicht zu lange – mache es nicht so wie ich», hatte sie mit ruhigem Ernst gesagt. «Für mich war immer alles andere wichtiger, mußte immer alles andere zuerst erledigt werden. Ich dachte, ich hätte noch das ganze Leben lang Zeit, um Kinder zu bekommen. Als ich endlich Zeit hatte, war es zu spät. Mein Körper wollte nicht mehr. So kam ich nie zu einem Kind.

Und jetzt sitze ich hier und weiß, daß nicht einmal mein treuestes Publikum sich an die Erfolge von 1955 und 1960 erinnert oder an all die Filme aus den vierziger Jahren. All die Premieren – all die Ereignisse, die immer wichtiger waren als das Kind. Das Kind, das in allen Plänen immer ganz zuletzt kam. All die Premieren, die mir damals so unendlich viel wichtiger waren als ein Kind. Niemand erinnert sich heute an meine Premieren. Wenn man älter wird, sieht man ein, daß es sehr wenige Dinge gibt, die der Erinnerung wert sind. Man sieht auch ein, daß es nur sehr wenige Menschen gibt, die sich an einen erinnern. Ich bilde mir ein, daß ein Kind sich an mich erinnert und mich vielleicht gebraucht hätte . . .»

Bei ihrem großen Empfang erwähnte sie nichts davon. Im Gegenteil, sie lächelte die Presseleute an und sagte:

«Eine Frau braucht sich nicht unbedingt durch die Mutterschaft selbst zu verwirklichen. Ich glaube, viele Frauen fühlen sich dazu gezwungen, Kinder zu bekommen, nur um sich als richtige Frauen zu fühlen.»

Ich nehme das Omelett aus der Pfanne und verteile es auf die Teller. Jon und Alex kommen mit glücklichen Gesichtern in die Küche gerannt.

«Das schmeckt riesig», sagt Jon und strahlt mich an.

«Ja, wirklich nicht schlecht – du kochst jetzt besser als früher», sagt Alex mit trockener Ironie.

«Das bildest du dir bestimmt nur ein», erwidere ich.

«Ist es etwa der Geliebte deines Herzens, der von dir verlangt, daß du dich der Kochkunst widmest?»

«Nein, keineswegs. Der Geliebte meines Herzens und ich, wir sehen uns nicht mehr», sage ich kurz.
«Oh, welch eine Überraschung. Ich glaubte immer, er gehöre zu der Sorte feiner Herren, die ihre alten Frauen gern gegen jüngere Modelle austauschten. Du hattest ja wenigstens die Jugend auf deiner Seite.»
«Ich war eben das falsche Modell. Wer sein Leben lang Traktor gefahren ist, kann nicht plötzlich zum Sportwagen übergehen. Außerdem ist er mit dem Modell einfach nicht fertig geworden. Mit dem neuen, meine ich. Das Bremssystem war zu kompliziert, und es war ungemein schwierig, die Reserveteile zu besorgen. Das müßtest du doch wissen», sage ich und setze unser Rededuell halb im Scherz, halb im Ernst fort.
«Von welchem Auto sprecht ihr?» fragt Jon interessiert. Wenn es um Autos geht, kennen seine Auffassungsgabe und seine Neugier keine Grenzen.
«Wir sprechen von einem Damenmodell», sagt Alex und lacht.
«Ihr seid doof – warum sagt ihr mir nicht, was für eine Marke es ist?» Jon sieht uns verwirrt an.
«Ja, ja. Gleich und gleich gesellt sich gern», sagt Alex und lächelt mich an. «Aber es muß natürlich ein ziemlich mieses Gefühl sein, von einem T-Ford ausgebootet zu werden.»
«Alex, du bist widerlich. Das ist überhaupt nicht komisch. Wer zum Teufel hat je etwas von Ausbooten oder so gesagt? Glaubst du etwa, wir hätten uns um ihn geprügelt?»
«Nein, aber er selbst glaubt das vielleicht. Ich kenne diese Typen. Diese eingebildeten Fatzkes, die sich einreden, sie würden Formel 1 fahren und dabei kaum mit einem Autoscooter auf dem Jahrmarkt fertig werden.»
«Hör mit den Gleichnissen auf. Gut, ich habe verloren und bin von einer Frau ausgestochen worden, die meine Mutter sein könnte. Aber schließlich ist es doch auch hocherfreulich, daß es noch Männer gibt, die auf Treue und die Unverletzlichkeit der Ehe Wert legen. Wenn ich an die Zukunft denke, ist das doch

ausgesprochen beruhigend. Dann braucht man als ältere Frau nicht mehr die Schönheit, Gesundheit und Leidenschaft der Jüngeren zu fürchten. Man weiß, was man hat, aber nicht, was man bekommt, und so weiter ...

Außerdem glaube ich, daß ihr euch jetzt beeilen müßt, wenn ihr Großmutter besuchen wollt. Sie wartet bestimmt schon auf euch.»

«Okay – ich will dich nicht mehr ärgern. Viel Glück mit einem neuen Modell. Man kann schließlich nicht sein Leben lang hinter seinem Vater herjagen.»

«Nein, natürlich nicht, du hast ganz recht. Ruft mich morgen an und sagt, wann ihr wieder nach Hause kommt. Heute abend bin ich nicht da.»

«Ein Fest?»

«Nein. Ich werde bei Jan eine Wahrsagerin aus Mexiko kennenlernen. Ich möchte zu gern herausfinden, ob irgendein dunkler Fremder hinter der nächsten Ecke auf mich wartet. Viel Spaß – und laß Jon nicht zu lange aufbleiben. Du weißt, daß er nie einschläft, wenn du es ihm nicht sagst.»

## 9

Die Samstagseinsamkeit schließt sich um mich. Die ganz besondere Einsamkeit der Geschiedenen. Ich gehe durch die Zimmer, in die Küche hinaus, räume die Frühstücksteller und die Tassen in die Spülmaschine. Die Stimmung des Frühstücks liegt noch wie ein glücklicher Hauch in der Stille der Küche.

Ob man wohl jemals ganz aufhört, einen Mann, mit dem man verheiratet war, zu lieben, denke ich.

Das heißt, ich liebe ihn nicht mehr – aber die Liebe lebt noch in mir, die Liebe, die ich für das empfinde, was wir geteilt haben, für unsere gemeinsamen Erlebnisse und Erinnerungen, die Liebe zu unserem gemeinsamen Kind und die Liebe, die seine Art, unser Kind zu lieben und ihm seine Zärtlichkeit zu zeigen, in mir weckt.

Ich hätte nicht aufhören sollen, Alex zu lieben, denke ich, und der Gedanke kommt mir fast unanständig vor.

Alex ist ein guter Mensch. Er hat mich nie bewußt verletzt, er hat mich nie im Stich gelassen. Ich hätte bei ihm bleiben und seine Güte mit meiner Liebe belohnen sollen.

Statt dessen liebe ich einen kühlen, arroganten, verzweifelten, launischen, unberechenbaren und feigen – ja, ich muß ihn feige nennen – Mann. Einen Mann, der mich tiefer und grausamer verletzt hat als irgendein anderer Mensch, den ich kenne.

Ich liebe ihn für die kurzen Augenblicke, in denen seine Wärme, Innerlichkeit und verletzliche Zärtlichkeit durch sein gutkonstruiertes Verhalten und seine Ablenkungsmanöver durchbrachen. Ich liebe ihn für seinen Ernst.

Alles, was mit Josef zu tun hat, war für mich immer Ernst. Selbst seine kälteste, eisige Grausamkeit und seine vollendet maskierte Angst waren für mich Ernst. Sein Schweigen war Ernst. Seine Ablehnung war Ernst. Seine Art, meinen Körper zu berühren, seine Art, meine Seele zu berühren – all das war Ernst.

Es ist keine Kunst, die netten, weichen, rücksichtsvollen, selbstaufopfernden, interessierten, aufmerksamen, verliebten und verspielten Männer zu lieben. Es ist keine Kunst, jemanden, der uns warme und unkomplizierte Liebe schenkt, wiederzulieben. Aber ist eine solche Erwiderung wirklich Liebe? Ist das nicht eher ein vorab festgelegtes Verhalten in einem Gesellschaftsspiel?

Liebe ist – wenn man trotz allem liebt! Die seltenen Male, die ich jemanden geliebt habe, habe ich *trotz allem* geliebt. Ich habe auch die schwarzen Seiten, die Alpträume, die Enttäuschungen und die Grausamkeiten, das Abgewiesenwerden geliebt. Ich liebe Josef, weil alles, was mit ihm zu tun hat, Ernst ist. Ich liebe ihn – trotz allem. Es ist nicht einfach, ihn zu lieben, er ist ein schwieriger Mann. Es ist genauso schwierig, ihn zu lieben, wie ihn zu töten . . .

Ich gehe in mein Arbeitszimmer an den Schreibtisch.

Nachdem ich Verdis Musik aufgelegt habe, hole ich die Unterlagen für das Drehbuch hervor. Als ich das Libretto durchblättere, fällt mir auf, daß ich wiederum in die seltsamen Fäden zwischen dieser alten Oper und dem komplizierten Drama meines eigenen Lebens verwickelt bin.

Im Augenblick bearbeite ich die Szene, in der Gustav III. die Wahrsagerin Ulrica besucht. Jene Wahrsagerin, die vorhersagt, daß Gustav III. auf dem großen Maskenball umgebracht werden wird.

Erst jetzt geht mir auf, wie seltsam es ist, daß Jan mich für heute abend eingeladen hat.

Der Zufall, daß er ausgerechnet jetzt von einer mexikanischen Schriftstellerin und «Wahrsagerin» Besuch hat. Während ich das Libretto weiterlese, überläuft mich im dünnen Sonnenlicht ein kalter Schauer. Im selben Augenblick höre ich ein Auto anhalten, dann läutet es an der Tür. Ein Expreßbrief aus Italien. Ich reiße den Umschlag auf und lese rasch, was der Filmregisseur mir schreibt. Ich lese die positiven Zeilen, die mitteilen, daß mein Drehbuchentwurf jetzt ganz akzeptiert und die Finanzierung des Films so gut wie gesichert sei. Eine große französische Film- und Fernsehgesellschaft sei von der Idee fasziniert und wolle mit einer großen Summe einsteigen. Der italienische Regisseur betont die internationale Bedeutung dieser Koproduktion und erwähnt nicht ohne Stolz, daß der Direktor der Gesellschaft sehr gut mit ihm befreundet sei. Der Name des Direktors sei – Josef Hardy . . .

Ich halte den Briefbogen ganz ruhig. Meine Hände zittern nicht. Mein Herz schlägt ganz normal. Ich spüre weder Kälte noch Wärme.

Schon wieder Josef – Josef Hardy. Die Laune des Schicksals – oder eher die schnurgerade Autobahn des Schicksals?
Ruhig lese ich weiter. Der Regisseur bittet mich wie üblich, ihn sofort anzurufen, nachdem ich seinen Brief gelesen habe. Allmählich werden mir seine ungeduldigen Aufforderungen vertraut, daher begebe ich mich gleich ans Telefon.
*«Andrea – cara bambina»*, sagt er mit seiner rauhen Stimme voller fröhlicher Fürsorge.
«Wir sind ganz begeistert – der Maskenball in moderner Version ist eine glänzende Idee –, und wie du gelesen hast, ist die Finanzierung gesichert. Wenn man die Höhe des Budgets bedenkt, ist das ungewöhnlich schnell gegangen. Das mit der französischen Beteiligung war ja wirklich ein Glückstreffer – aber wozu hat man schließlich alte Freunde?»
«Dieser Mr. . . . Mr. Hardy ist also dein Freund?»
«Ja, ja – ich kenne ihn fast schon mein ganzes Leben lang, ein sehr faszinierender Mann – du hast bestimmt schon von ihm gehört. Eigentlich ist er Ungar, aber er lebt seit vielen Jahren in Paris.»
«Ich bin mir nicht so sicher», sage ich und fühle mich immer noch ganz ruhig und seltsam unberührt von diesem absurden Zufall.
«Ich hoffe, das Vergnügen zu haben, euch miteinander bekannt zu machen – aber sei vorsichtig, er sieht sehr gut aus, haha . . .»
«Keine Angst, ich liebe vor allem häßliche Männer», sage ich lachend, um abzulenken.
«Wie dem auch sei, Andrea – ich wollte vor allem deshalb sofort mit dir sprechen, weil wir so bald wie möglich Drehorte in Venedig besichtigen wollen. Gleichzeitig planen wir dort eine Pressekonferenz, um das Ganze etwas origineller zu machen. Du weißt, daß ich Presse und Journalisten hasse, und daher lasse ich ganz einfach einen Maskenball in Venedig arrangieren. Die Presse wird nur für die erste halbe Stunde Zutritt erhalten. Anschließend ist das ganze Fest privat. Ich werde dafür sorgen,

daß meine Sekretärin dir ein Flugticket schickt – du mußt natürlich versprechen, zu kommen! Ungefähr hundert Gäste, und alle müssen kostümiert und maskiert sein. Es wird also ein echter Maskenball, und dabei können wir gleich das Licht und die technischen Verhältnisse im Hotel testen.»

«Welches Hotel ist es denn?»

«Das *Hotel des Bains* draußen am Lido. Ein sehr altes Hotel, unerhört schön und romantisch, mit perfekten Interieurs. Wir haben uns ganz an dein Drehbuch gehalten, in dem du Josef und Andrea an einem historischen Maskenball teilnehmen läßt.»

«Das klingt ja herrlich . . .» sage ich. «Was für Leute werden denn kommen, und wann soll es stattfinden?»

«In einem Monat ungefähr, dann ist Venedig am schönsten. Und wer alles kommt – ich werde dir eine Liste schicken. Vor allem Filmleute, ein paar Autoren und Schauspieler. Und dann alle Finanzleute, natürlich.»

«Du meinst . . . du meinst – ja, also – auch dieser Franzose – Mr. Hardy . . .»

«Ja, selbstverständlich kommt Josef. Sei doch nicht so feierlich – nenn ihn Josef. Du weißt, ich bin Italiener. Meine Freunde sind deine Freunde.»

*«Grazie, grazie»*, sage ich so scherzhaft wie möglich. Dann nehme ich einen Anlauf und frage:

«Entschuldige, aber weiß er – also, weiß er, wer das Drehbuch schreibt –, daß ich das Drehbuch schreibe?»

«Nein, das glaube ich nicht, wieso? Aber er wird entzückt sein. Er interessiert sich sehr für Künstlerinnen und Schriftstellerinnen. Du klingst so bekümmert?»

«Nein, nein – es wäre mir nur recht, wenn . . . ja, das klingt vielleicht komisch, aber würdest du ihm bitte nicht meinen Namen verraten? Ich kann dir jetzt nicht erklären, warum – aber es ist wichtig für mich. Ich weiß, daß es eigenartig wirken muß. Es hat nichts mit ihm persönlich zu tun, aber sei so lieb und erwähne nicht, daß ich das Drehbuch schreibe.»

«Jetzt machst du mich aber neugierig – kennst du ihn etwa schon?»
«Nein, natürlich nicht . . .» behaupte ich mit einiger Überwindung.
«Aha – jetzt verstehe ich –, du kennst seinen Sohn, diesen munteren Playboy.»
«Ja, du hast recht», lüge ich erleichtert über diese rettende Bemerkung.
«Oh, ich liebe solche Komplikationen! Ich werde natürlich auch den Sohn einladen», sagt er mit unbarmherzigem Lachen.
Bevor ich antworten kann, bemerkt er beruhigend:
«Ich bin ein alter Mann – das ist mir nichts Neues. Verlaß dich auf mich», sagt er mit plötzlicher Väterlichkeit. «Aber ich kann natürlich nicht garantieren, daß er deinen Namen nicht in den offiziellen Listen sieht – obwohl das nicht sehr wahrscheinlich ist. Der gute Josef konzentriert sich meistens vor allem auf die finanziellen Aspekte.»
«Davon bin ich restlos überzeugt», sage ich mit gespielter Kälte und Gleichgültigkeit.
Ich lege den Hörer auf. Ein weiteres Mal an diesem ungewöhnlichen Samstag lege ich einen Telefonhörer auf. Immer noch bin ich erstaunlich gelassen. Meine Hände sind immer noch ruhig. Ich spüre immer noch weder Kälte noch Wärme.
Irgendwo habe ich dies gewußt. Wir tragen immer die Antwort auf alle Fragen in uns. Wenn wir uns nur nicht begrenzen, wenn wir uns jenseits aller Grenzen und Begrenzungen konzentrieren, dann wissen wir schon die Antwort auf alle Fragen. Wir haben die Antwort in uns. Wir müssen es nur wagen, ihr zu begegnen und auf sie zu hören.
Vielleicht ist es ja außerdem so, daß alles schon geschehen ist? Daß die Wirklichkeit nur das einholen muß, was schon geschehen ist?
Ich gehe zum Schreibtisch hinüber und lese weiter in Eugène Scribes Libretto. Ich lese die schönen Verse:

Der Stimme des Herzens
muß ewig ich folgen.
Wie leicht fällt mir der Atem –
wie verwandelt dünkt mir alles.
Bebend vernahm ich in deinen Worten
die Antwort des Herzens.

Du Echo meiner Sehnsucht,
du Stern in meiner Finsternis –
wenn lieblich du mein Glück bestrahlst,
opfre ich der Sonne Schein.

## Atto secondo – Zweiter Akt

*Vermessener, du trotzest dem Schicksal –*
*Wisse, daß die Geister*
*Ehrfurcht fordern.*
*Die Stunde wird kommen,*
*da dir das Lachen erstirbt. . .*

*Ulrica an Gustav III. in ‹Ein Maskenball›*

Jan hat viele Gäste.
Nach mehreren Wochen und Monaten des Alleinseins stehe ich plötzlich im Flur – mitten in der Ouvertüre zu einem Fest –, wenigstens zu einem Abendessen und einer Begegnung. Jan kommt mir lächelnd entgegen. Sein Lächeln flößt mir wie immer Vertrauen ein. Er hat ein Lächeln voller Versprechungen – und ich weiß, daß er hält, was sein Lächeln verspricht.
«Hast du Knoblauch mitgebracht?» fragt er lachend und umarmt mich. Einen Augenblick lang stehen wir schweigend in

einer kameradschaftlichen Umarmung, die mein Herz mit milder, unmittelbarer Freude erfüllt. Er spürt meine plötzliche Wärme und sieht mich mit einem fragenden Ausdruck in seinen blauen Augen an, die stets von einer warmen, guten Liebe zum Leben zu leuchten scheinen.

«Es ist schon so lange her, daß ich einen Mann in den Armen gehalten habe», sage ich und lache seinem fragenden Blick entgegen.

«Ist das der einzige Grund?»

«Ja, ich hatte ganz vergessen, daß du so breite Schultern hast. Ich hatte vergessen, daß du so gut aussiehst. Kein Wunder, daß sie im Krankenhaus Schlange stehen, um von dir behandelt zu werden ...»

«Andrea, mußt du unbedingt immer Witze machen, wenn du etwas empfindest? Für mich war es sehr schön, dich im Arm zu halten. Ich glaubte zu fühlen, daß du mich wirklich gern hast. Dann kommst du mit einem Lächeln, mit einem Gelächter – und man steht da wie unter einer eiskalten Dusche. Warum machst du das? Vertraust du denn niemandem? Ich beginne zu verstehen, daß es für Josef nicht immer ganz einfach gewesen sein kann ...»

«Verzeih mir, Jan, du hast recht. Aber du weißt ja, daß ich eigentlich schrecklich schüchtern bin. Du weißt, daß ich dich als Freund liebe, und seit unserem Gespräch heute morgen habe ich den ganzen Tag mit besonderer Wärme an dich gedacht. Du bist einer der gütigsten Menschen, die ich kenne. Einer der allergütigsten. Das ist das beste, was ich über einen Menschen sagen kann, daß er oder sie gütig ist. So, ist der Herr Doktor jetzt zufrieden?»

«Wird gutgeheißen. Mit Auszeichnung. Komm jetzt herein und sag den Leuten guten Tag. Es sind doch ein paar mehr geworden, als ich vorhatte. Manche kennst du ja, aber nicht alle.»

«Ist diese Tamara Rodrigues schon da?»

«Nein, sie kommt etwas später. Ich habe ihr von dir erzählt, und

sie freut sich auf eure Begegnung. Aber sie weiß nichts über dich – nicht einmal, was für einen Beruf du hast, und über Josef und dich schon gar nichts. Ich habe ihr nur gesagt, daß wir sehr gut befreundet seien und daß du daran interessiert seist, sie kennenzulernen. Ich bin wirklich gespannt, was du sagen wirst. Ihre Genauigkeit ist manchmal fast unheimlich. Außerdem ‹sieht› sie alles mit ihrem psychologischen und wissenschaftlichen Hintergrund. Darin unterscheiden sich ihre Aussagen grundlegend vom üblichen Gewäsch über diese oder jene Zukunft.»
Wir treten in das große, altmodische Wohnzimmer; Jan verschwindet, um andere Gäste zu empfangen, und ich beginne, die Leute ringsum zu begrüßen. Irgend jemand schenkt mir Wein ein. Die Musik ist laut, und es ist sehr warm. Ich lasse mir den kalten Weißwein durch die Kehle laufen.
Im offenen Kamin brennt ein Feuer. Es ist ein schöner Abend, und die Menschen in meiner Umgebung wirken erwartungsvoll und sorglos. Ich fühle mich einsam, gehöre nicht dazu. Zwar sage ich, was man von mir erwartet, und ich lächle an den richtigen Stellen, aber dabei fühle ich mich, als wäre ich eine Darstellerin in meinem eigenen Drehbuch, mit besonderen Regieanweisungen für Lächeln, Staunen, Zuhören, Schweigen und spontane Freude.
«Na, so etwas! Ich hätte dich fast nicht wiedererkannt, wir haben uns bestimmt seit hundert Jahren nicht mehr gesehen!» rufe ich wie in einem Drehbuch aus, als ein langer blonder Mann auf mich zukommt.
Vor kurzem erst – obwohl es natürlich nicht vor kurzem war – war ich in einer kleinen weißen Provinzkirche auf seiner Hochzeit.
Jetzt steht er da, eine provozierende Blondine an seiner Seite.
«Das hier ist Linda», sagt er, und mir wird klar, daß seine romantische, kirchlich geschlossene Ehe ebenfalls geplatzt ist. Jetzt scheint Linda in seinem Liebesleben die Hauptperson zu sein.

«Tag, Linda», sage ich und lächle. Warum lächle ich eigentlich? All diese Feste, die ich immer seltener besuche, erfüllen mich nur noch mit Traurigkeit. Diese ständige Mischung aus Scheidungen, neuen Beziehungen, neuen verlassenen Partnern, neuen verletzten Herzen ist mir allmählich zuwider, und dann diese Feste und Essen, während derer alle ein paar Stunden lang so tun, als wäre alles ganz unverändert, als wären sie alle noch gute Freunde und könnten wie früher miteinander verkehren. Während ich mit Linda, die ich nicht kenne, Höflichkeiten über einen neuen Film austausche, geht mir auf, daß alle schon geschieden sind. Meine Freunde, die sich vor zehn, zwanzig Jahren in Kirchen und auf Standesämtern ewige Liebe und Treue versprachen. Alle sind sie schon geschieden. Jede Generation muß mit ihrer Geißel fertig werden. Der Nachkriegsgeneration blieb vieles erspart, bekam dafür aber ihre Scheidungen aufgebrummt.

«Wir müssen uns unbedingt mal wiedersehen», sagt der lange blonde Mann namens Göran, an dessen romantische Hochzeit ich mich noch in allen Einzelheiten erinnere.

«Wie geht es Anna?» frage ich. Seine Frau damals hieß Anna.

«Wir sehen uns vor allem durch die Kinder», antwortet er und legt seinen Arm nervös um das Mädchen Linda.

«Sag ihr und den Kindern einen Gruß.» Ich sehe Göran vor mir, wie er vor zehn Jahren aussah. Die Sonne, die auf der Kirche, dem See und Görans Gesicht ihr glitzerndes Licht spielen ließ. Damals hatte er kurze Haare, und seine ihm frisch angetraute Frau weinte. Zahlreiche schöne Reden hatte es gegeben. Die beiden hielten sich fest an der Hand und waren so stolz auf ihren Beschluß, ihre Hochzeit mit altmodischer Romantik zu feiern.

Was geschieht eigentlich mit all der Liebe? denke ich, während ich das Weinglas an den Mund führe und noch einen Gruß an Anna und die Kinder schicke.

Göran und seine neue Liebe verschwinden in ein anderes Zim-

mer, und im Hintergrund sehe ich weitere Freunde mit neuen Partnern auftauchen, mit neuen Freunden und Freundinnen.
Ich hebe wieder das Glas und spüre dabei, wie mir die Tränen in die Augen steigen. Plötzlich möchte ich am liebsten alle Uhren zurückstellen, um die ursprünglichen glücklichen Paare wiederzusehen. Ich will, daß die Liebe dauerhaft ist. Ich will, daß alle wieder mit dem Partner vor mir stehen, den sie mit jungen, unverdorbenen Herzen gewählt haben.
«Du siehst so bekümmert aus?» Jan taucht wieder an meiner Seite auf.
«Ich frage mich nur, wohin all diese Scheidungen eigentlich geführt haben. Ist irgend jemand überhaupt glücklicher geworden, jetzt, nachdem wir die Ergebnisse vor Augen haben?» sage ich und erkläre ihm meine Überlegungen.
«Ich weiß es nicht. Ich weiß es wirklich nicht – aber du hast recht, historisch gesehen sind wir die erste Generation, die ihren Gefühlen gefolgt ist, die das Ich in den Vordergrund gestellt hat. Wir sind eine Experimentiergeneration. Ich glaube, mit John Lennons Scheidung von Cynthia fing alles an. Ich kann mich immer noch an den Schock erinnern – und dann kam Yoko Ono und alles, was an Drogen, Bildern und Vorbildern darauf folgte. Die Überlegung, was mit allen modernen Scheidungen geschehen wäre, wenn John Lennon seine Cynthia nicht verlassen hätte, ist auf jeden Fall interessant. Die Beatles waren ja beinahe heilig und das Vorbild einer ganzen Generation.
Aber komm jetzt, vergiß das alles und komm mit. Wir essen bald, und vorher möchte ich dich mit Tamara bekannt machen. Sie ist jetzt in meinem Arbeitszimmer. Sie wollte dich gleich kennenlernen.»
«Warum gleich? Hast du ihr etwa gesagt, ich sei krank, oder was?»
«Nein, nein. Das hat mit Schwingungen zu tun. Sie möchte sich ihre Schwingungen nicht von all den anderen Menschen stören lassen.»

«Aber du bist doch dabei, oder nicht?»
«Nein, bestimmt nicht – ihr müßt ganz allein sein. Du wirkst so nervös? Es ist wirklich nicht gefährlich, es geht doch nur darum, eine unkonventionelle Übersicht über dein Leben zu bekommen.»
«Ich bin tatsächlich sehr nervös», sage ich, während ich auf Jans Arbeitszimmer zugehe.
«Das ist ganz unnötig. Du wirst jetzt etwas Ungewöhnliches erleben, etwas Unbegrenztes, ohne die üblichen Tatsachen. Manchmal glaube ich, daß alle Tatsachen, die wir voneinander wissen, viel zerstören. Eigentlich erfahren wir ja immer nur Dinge, die nichts bedeuten – nichts Entscheidendes, nichts von alldem, was wirklich in uns ruft . . .»
Jan öffnet die Tür zu seinem Arbeitszimmer, in dem nur eine kleine Schreibtischlampe an ist. Das Zimmer ist von Stille erfüllt; in einem Sessel sitzt eine dunkle, überraschend junge Frau. Sie erhebt sich und sieht mich ernst an. Dann sagt sie zu Jan auf englisch, daß er gehen könne – wir würden uns selbst miteinander bekannt machen.
Jan schließt die Tür vorsichtig hinter sich und verschwindet.
«Du weißt, daß ich Tamara heiße», sagt sie und kommt mir entgegen. Sie kann höchstens vierzig sein. Ich weiß nicht warum, aber ich hatte mir eine Frau um die Siebzig vorgestellt.
Ohne mir die Hand zu geben oder irgendeinen Ansatz zu einer normalen Begrüßung zu machen, kommt sie zu mir her. Sie hat ein schmales, kräftiges Gesicht mit schönen, regelmäßigen Zügen, von dichtem dunklem langem Haar eingefaßt.
«Ich weiß, daß du Andrea heißt», sagt sie und sieht mich mit ihren eigenartigen Augen an. In Augen wie diese habe ich bisher noch nie geblickt. Es sind Augen ohne Hintergrund und ohne Zukunft, und sie sehen mich an, wie ich noch nie angesehen worden bin. Ihre Augen sind alt und zugleich voller unschuldiger Jugend. Ihre Augen sind unendlich, und sie weiß sie zu

benützen. Sie sieht mich wirklich an. Ich sehe zurück und merke, wie wenig ich es gewohnt bin, jemanden wirklich anzusehen. Wie wenig ich es gewohnt bin, daß jemand tatsächlich seine Augen benützt und mich ansieht.

«Setz dich hierher», sagt sie und zeigt auf einen kleinen Tisch neben dem Schreibtisch. Wir setzen uns beide an den kleinen Tisch. Das Zimmer ist immer noch von der neuen Stille erfüllt. In mir spüre ich eine Ruhe, die mit ihrer Reinheit und Wärme alle Kälte vertilgt. Obwohl ich die Frau noch nicht kenne, strahlt sie eine Autorität und eine Würde aus, die ich selten bei einem fremden Menschen erlebt habe.

«Gib mir deine Hände», sagt sie und sieht mich mit ihren forschenden Augen an. Sie nimmt meine Hände und hält sie fest zwischen ihre eigenen gepreßt.

Dann schließt sie die Augen und beginnt zu sprechen:

«Jetzt darfst du nicht mit dem Verstand reagieren – nur mit deinem Gefühl. Hier geht es nicht darum, etwas zu beweisen oder nicht zu beweisen. Laß die Proteste und Kontrollen deines Verstandes zurück und versuche zu empfinden, ob deine Gefühle das akzeptieren, was ich sage. Ich habe diese Gabe von meinen Vorfahren in Mexiko geerbt – die Gabe, Wahrheiten zu fühlen, die der Verstand nicht sofort begreift oder beweisen kann. Ich lasse mich nur mit Menschen ein, bei denen ich das Gefühl habe, daß ich ihnen helfen kann. Unser Freund Jan hat uns heute hier zusammengeführt. Als er am Telefon deinen Namen erwähnte, fühlte ich deinen Kummer und deine Verwirrung. Das ist der Grund, warum wir jetzt hier sitzen.

Wenn du diese Situation in irgendeiner Weise als lächerlich oder peinlich empfindest, müssen wir unser Gespräch sofort abbrechen. Ich bin nicht hier, um jemanden zu überzeugen, der den unbegrenzten Möglichkeiten des Gedankens und des Gefühls mißtraut.»

«Ich empfinde es nicht als lächerlich oder peinlich», sage ich und sehe sie an.

«Dafür danke ich dir – und gleichzeitig danke ich den guten Kräften, die uns hier und jetzt zusammengeführt haben.
Jetzt werde ich deine Hände untersuchen – aber ohne sie anzuschauen. Alles geht durch die Hände eines Menschen hindurch. Aber es ist uninteressant, sie anzusehen, ich muß sie fühlen.»
Sie beginnt, meine Hände zu befühlen; ihre Augen sind dabei immer noch geschlossen. Ihre Fingerspitzen untersuchen meine Hände wie ein Arzt, der nach gebrochenen Knochen tastet. Manchmal hält sie inne und läßt ihre Fingerspitzen auf einem bestimmten Punkt verweilen.
«Du hast mißtrauische Hände. Deine Hände glauben an niemanden und nichts. Du weißt einiges über Hände, die schlagen können – aber nicht besonders viel über Hände, die dich wärmen und streicheln wollen. Dein ganzes Mißtrauen hat sehr früh im Leben begonnen – alle Wunden deiner Hände sind alt und noch nicht verheilt. Es ist dir schon früh schwergefallen, etwas anzunehmen – etwas zu verschenken, fiel dir jedoch leicht. Du kannst schenken, nach außen hin hast du großzügige Hände, aber nicht nach innen, dir selbst gegenüber. Du kannst nichts annehmen, ohne dabei gleich Schläge zu befürchten. Es gibt nicht viele Menschen, die dich so kennen, wie ich dich jetzt beschreibe. Nach außen hin, deinen Freunden und dem Leben gegenüber, trägst du ein Gesicht, das eher Neid als Mitgefühl erweckt. Es gibt nicht viele, die um deine ängstlichen Hände wissen. Du fürchtest dich davor, die Angst deiner Hände zu zeigen, daher schützt du dich mit kräftigen, dicken Handschuhen.
Ich fühle, daß du im Winter geboren bist. Du bist in einer dunklen Winternacht geboren – vermutlich im Zeichen des Schützen, vielleicht auf der Grenze zum Steinbock. Das macht dich stark und optimistisch, aber zugleich auch ungeduldig und überschwenglich. In dir ist viel Feuer, aber du mußt vorsichtig damit umgehen. Das Feuer soll dir dienen, es darf dich nicht verzehren.

Du hast ein Kind, das dir sehr nahesteht. Ich fühle, daß du dich mit künstlerisch gestalteten Botschaften beschäftigst. In deinem Beruf hast du keine Probleme. Du bist auf dem richtigen Weg und wirst deine Ziele erreichen. Hier gibt es keine blockierten Energien.
Deine große Trauer hat mit einem Gefühlserlebnis zu tun. Es handelt sich um einen Mann. Er ist – laß mich mal sehen – er ist dir sehr ähnlich. Er hat sogar die gleichen Hände wie du. Ich kann seine Hände fühlen. Er hat ebenso wunde, mißtrauische Hände wie du selbst. Ich fühle große Kämpfe zwischen euch. Ihr habt euch gegenseitig geschlagen und verletzt. Diese Kämpfe werden erst aufhören, wenn ihr eure Auseinandersetzung nicht mehr mit dem Verstand führt. Du mußt den Anfang machen – denn er ist zwar älter als du, aber nicht in seiner Seele. Deine Seele ist älter als die seine. Du mußt den Anfang machen. Er hat große Angst vor dir. Er fürchtet, daß du ihn verlassen wirst. Er glaubt überhaupt nicht an deine Liebe, da er es nicht gewohnt ist, um seiner selbst willen geliebt zu werden. Er ist überhaupt nicht an Liebe gewohnt und wehrt sich daher mit den gleichen Waffen wie du selbst.
Ihr habt beide alte Seelen – ihr seid euch in einem anderen Leben schon begegnet.
Ich sehe ihn in einer altertümlichen blutigen Uniform. Er ist sehr traurig. Du hast ihn schon damals verlassen – er fürchtet, daß du das jetzt wiederholen wirst. Sein Unterbewußtes fürchtet, daß du ihn noch einmal verlassen wirst.
Ihr liebt euch immer noch. Doch statt euch das deutlich zu zeigen, bekriegt ihr euch. Du mußt anfangen, seine Gefühle anzusprechen – und du mußt anfangen, ihm zu vertrauen. Er will dir nichts Böses . . . aber du willst ihm etwas Böses . . . Das verstehe ich nicht . . . du willst ihm tatsächlich etwas Böses. Du willst dich rächen und sein Blut fließen sehen . . . Du glaubst, daß er dir etwas angetan hat, und dafür willst du dich rächen. Aber es handelt sich um ein Mißverständnis. Viele negative

Kräfte sind gegen euch gerichtet, die auch daran interessiert sind, daß der Kampf und der Haß zwischen euch weiterbestehen.
Du wirst diesen Mann bald wiedersehen, allerdings weder in deinem noch in seinem Land. Ich sehe euch in einem fremden Land, inmitten eines Festes. Aber seht euch vor – ihr müßt euch vorsehen! Er muß sehr vorsichtig sein, sein Leben ist wirklich in Gefahr. Hörst du, was ich sage: sein Leben ist wirklich in Gefahr . . .»
«Durch meine Rache?» frage ich ihre geschlossenen Augen und ihre Hände, die immer noch die meinen festhalten.
«Nein, nein – nicht durch dich. Du liebst ihn, und deine Liebe ist stärker als dein Haß. Ich kann nicht genau sagen, was zwischen euch geschehen ist. Aber ich weiß, daß es auf einem Mißverständnis beruht. Wenn das geklärt ist, möchtest du dich nicht mehr an ihm rächen.
Dennoch, ich muß es dir noch einmal wiederholen – sein Leben ist in Gefahr . . .»

## 10

Ich werde nie mehr einen Menschen anbeten.
Dieser Satz entsteht in mir und geht in Worte über, während ich im Flugzeug nach Venedig sitze. Gleichzeitig denke ich, daß ich diesen Gedanken aufschreiben muß. Ich muß diesen Gedanken auf einem dieser ewigen Zettel notieren, die mein Leben und meine Erlebnisse stets begleiten.
Ich denke diesen Gedanken in einem Flugzeug, das von einer zerfallenden Sonne erfüllt ist. Ich folge dem blassen Kampf der geschundenen Sonnenstrahlen auf den Gesichtern der ita-

lienischen Stewardessen, die mir dienstbeflissen entgegenlächeln.
Ich lehne mich in dem leuchtend farbigen, klar gemusterten Sitz zurück. Der Sitz ist ungewöhnlich niedrig, und das Licht, das uns Passagiere einhüllt, läßt unbeschreiblich poetische Bilder im Flugzeuginnern entstehen. Wenn ich unbeschreiblich sage, meine ich das vermutlich nicht. Nichts ist jemals unbeschreiblich – alles läßt sich beschreiben, wenn zwischen einem Augenblick und seinem Anbeter nur die richtige Begegnung zustande kommt. Dieser Augenblick über den lichtdurchfluteten europäischen Wolken ist ein Erwachen. Ein mildes Erwachen. Ein Erwachen inmitten zerfallender Sonnenstrahlen.
Ich werde nie mehr einen Menschen anbeten.
Diesen Gedanken denke ich in Stille und Einsamkeit. Im Flugzeug ist es unwirklich still. Die meisten schlafen.
Die Frau neben mir schläft. Ein in Zellophan gehüllter Blumenstrauß liegt auf ihrem Schoß. Der Mann jenseits des Ganges mit dem sonnengebräunten Gesicht und dem blonden Bart schläft. Ich fliege allein und bedaure, daß ich niemanden im Flugzeug kenne, den ich wecken kann. In fast sämtliche europäische Länder kann man allein fliegen. Nach Venedig sollte man nicht allein fliegen, und außerdem sollte man vom Meer aus in Venedig ankommen – so wie der lebensmüde Gustav von Aschenbach im ‹*Tod in Venedig*› von Thomas Mann dort ankam. Müde und blaß nach einem langen Frühling in einem kühlen München, wo er mit seinem Schaffen gerungen hatte, kam Aschenbach dort an. Er kam müde und ohne Gefühle dort an – ebenfalls fest davon überzeugt, daß er so etwas wie Anbetung nie mehr empfinden würde. Eine Anbetung, die nach seiner Begegnung mit dem überirdisch schönen Jüngling Tadzio am weißen Strand des Lido mit seinem zu frühen Tod enden würde.
Ich bin nicht nach Venedig unterwegs, um dort zu sterben. Ich bin nach Venedig unterwegs, um zu töten. Dieser Tod, von dessen Notwendigkeit ich mich nur noch unter großen Schwie-

rigkeiten überreden kann. Meine Hände liegen ruhig und gefaßt vor mir im Schoß. Eigentlich sind das keine Hände, die töten können.

Wenn sonst nichts hilft, bleibt doch nur der Tod übrig, denke ich und sehe all die schlafenden Menschen ringsum an.

Nichts hat geholfen. Die Monate voller intensiver Arbeit an dem Drehbuch nicht. Meine langen Gespräche mit Jan über das Ethische und Unethische des Tötens oder Nichttötens auch nicht.

Ich habe auch mit einer Freundin, einer Rechtsanwältin, gesprochen. Sie glaubte, ich benötigte Informationen für meine Arbeit und teilte mir bereitwillig mit, daß so gut wie alle berühmten Morde aus Leidenschaft von Männern ausgeführt worden seien.

«Es sind immer Männer, die töten, wenn sie in der Liebe verlassen werden – keine Frauen», sagte sie.

«Und die Frauen, was tun die? Die werden ja auch manchmal verlassen.»

«Die Frauen leiden – das weißt du doch? Die Frauen sind auf eine historische Art und Weise an Leid und Enttäuschungen gewöhnt, die die Männer überhaupt noch nie erfahren haben. Das ist ja auch der Grund, warum wir so viel mehr aushalten.»

«Und was tun die Frauen?» fragte ich hartnäckig.

«Wenn das Leid eine gewisse Grenze erreicht hat, werden die Frauen passiv und beginnen sich selbst anzuklagen. Manche begehen Selbstmord. Eine Art umgekehrter Mord. Sie richten die Aggression und Enttäuschung gegen sich selbst. Sie bringen sich selbst um, und auch das oft auf eine passivere Art als die Männer. Tabletten, Vergiftung, vielleicht schneiden sie sich die Pulsadern auf – während die Männer Pistolen benützen, sich erschießen, gegen Brückenpfeiler fahren, sich erhängen. Manche Frauen gehen in den Wald hinaus und erfrieren, oder sie gehen ins Wasser.»

«Nicht einmal der Selbstmord ist besonders gleichberechtigt», antwortete ich, ohne meine Frage weiterzuverfolgen.

Wir beendeten die etwas bizarre Konversation mit der Feststellung, daß sich eine gewisse Veränderung des Musters feststellen lasse. In den letzten Jahren hatten wesentlich mehr Frauen als früher Männer erstochen. Meistens waren das jedoch Einwandererfrauen, die ihre in der neuen Heimat untreu gewordenen Männer auf diese Art bestrafen wollten.
Meine Freundin erzählte mir unter anderem von einem ziemlich bekannten Fall, in dem eine Spanierin ihrem schwedischen Mann ein Messer in den Bauch gerammt hatte, als er sie angelogen und beteuert hatte, er sei nicht untreu gewesen, obwohl die Frau schon Bescheid wußte.
«Ich kann sie verstehen», antwortete ich darauf.
«Aber Andrea – das kann doch nicht dein Ernst sein? Man kann doch einen Menschen nicht einfach erstechen, weil er lügt?»
«Doch, ich glaube, es gibt Augenblicke, da schmerzt eine Lüge so sehr, daß die einzige Chance, zu überleben, darin besteht, denjenigen, der lügt, zu erstechen.»
«Du meinst das literarisch?» fragte sie, und ich beruhigte sie damit, daß meine Ansichten natürlich literarisch seien.
«Ich denke fast ausschließlich literarisch, das weißt du doch», versuchte ich die Unterhaltung ein letztes Mal mit müdem, selbstironischem Tonfall abzuschließen. Doch jetzt wurde sie interessiert und fragte:
«Du meinst also, daß man sich physisch für ein psychisches Unrecht rächen kann?»
«Du liebe Zeit – das sind doch deine täglichen Fälle, oder nicht? Frauen, die jahrelang so gequält worden sind, daß sie schließlich mit physischer Gewalt antworten – auch wenn das recht ungewöhnlich ist und die meisten Frauen untergehen, ohne jemals auch nur einen Versuch zur Verteidigung gemacht zu haben.»
«So habe ich es nie gesehen», antwortete sie. «Ich habe nur gesehen, wie tragisch es ist, daß dort, wo die Kommunikation aufhört, die Gewalt einsetzt. Das, was wir nicht mitteilen können, bestimmt unsere Schritte.»

Ich tauche rasch aus meinen Gedanken auf. Eine Stewardess teilt über den Lautsprecher mit, daß wir in zwanzig Minuten in Venedig landen werden. Die schlafenden Menschen beginnen sich sacht zu bewegen. Die Blumen der Frau rascheln in ihrer Zellophanhülle. Im Flugzeug bricht gedämpfte Aktivität aus. Eine Stewardess geht durch die Reihen und verteilt aktuelle Tageszeitungen. Ich lasse mir eine französische geben und blättere sie gleichgültig durch, während ich mir überlege, daß ich vielleicht die Toilette aufsuchen sollte, um mich zu frisieren und vor der Landung etwas frisch zu machen. Plötzlich taucht ein Bild in der Zeitung auf, das ich eigentlich sowohl sehe als auch nicht sehe. Unwillig bewegt sich mein Blick vor und zurück, um schließlich anzuhalten. Auf dem Zeitungsfoto sind ein Mann und eine Frau abgebildet. Die Frau steht im Vordergrund, sie lächelt ein Lächeln, das nie mit ihrem Herzen Kontakt gehabt zu haben scheint. Der Mann neben ihr sieht ernst aus. Beide sind mit offizieller Eleganz gekleidet. Der Mann blickt geradeaus – während die Frau zur Seite lächelt. Vor dem Paar stehen viele Kinder. Kinder aller Altersgruppen. Kleine dunkle französische Kinder in einer Art Uniform. Jungen und Mädchen. Im Hintergrund sieht man Mikrofone, Spruchbänder und ein Schild. Das Bild zeigt eine Einweihung. Das elegante Paar mittleren Alters wirkt bei der Einweihung eines Kinderheims mit.

Das elegante Paar hat diesem Kinderheim eine große Summe gespendet, und der Text spricht in höflich lobenden Wendungen von dem erfolgreichen Mann, der die Güte gehabt hat, all diesen elternlosen Kindern eine so große Summe zu schenken.

Ich sehe den Mann wieder an. Sein Gesicht ist verschlossen, und er hält seine linke Hand hoch, als wollte er sich vor etwas schützen. Sein dunkler Jackenärmel ist zurückgerutscht und zeigt eine weiße Manschette, deren Manschettenknopf ich wiedererkenne. Es ist ein Manschettenknopf mit einer liebevollen Gravierung auf der Rückseite. Eine Gravierung auf schwedisch und ungarisch – ein Geschenk von mir. Der Mann mit dem verschlossenen Gesicht und der hochherzigen Stiftung an die armen Kinder ist Josef. Die Frau neben ihm mit dem hartnäckigen Lächeln ist seine Frau . . .

## 11

*«Fasten your seat belts»*, sagt eine Stewardess durch den Lautsprecher.

*«Fasten your seat belts»*, sagt sie, und alle Hände beginnen sich mit ihren Gurten zu beschäftigen. Alle bis auf meine. Meine Hände halten immer noch krampfhaft die Zeitung fest. Die Druckerschwärze wird von meinen heißen Fingern angewärmt und färbt sie schwarz. Ich halte die Zeitung in einem steifen, unnatürlichen Winkel. Mehrere Passagiere schauen mich verwundert an. Ich müßte jetzt die Zeitung hinlegen, sie zusammenfalten und den Sicherheitsgurt anlegen. Aber ich kann es nicht. Die Kälte und Wärme, die einen intensiven Kampf in mir austragen, lähmen mein Handlungsvermögen. Ich habe versucht, an den Fingern abzuzählen, wieviel Zeit nach meinem Krankenhausaufenthalt verstrichen war, als Josef in seinem maßgeschneiderten Anzug und mit meinen Manschettenknöpfen dastand und sich inmitten der Kinder fotografieren ließ. Wenn ich den französischen Text richtig verstanden habe, muß die Stiftung nur ein paar Wochen nach dem Tag stattgefunden haben, als ich im blaßgrünen Krankenhausflur stand und zitternd eine Menge Ein-Kronen-Münzen einwarf, um in Paris anzurufen und mitzuteilen, daß es kein Kind mehr gebe. Daß das Kind verschwunden sei. Aber es war mir nicht gelungen, ihn persönlich zu erreichen. Dagegen sprach ich mit seiner Frau – was mir damals logisch vorkam, da sie mir ja den Brief

geschrieben hatte. Ich murmelte etwas Unzusammenhängendes und sehr Kryptisches davon, daß ich zur Einsicht gekommen sei – daß sie sich keine Sorgen mehr zu machen brauche.
Ihre Stimme klang verbissen freundlich. Mit kühl triumphierendem Unterton erinnerte sie mich daran, daß ihr Brief nur den aufrichtigen Wunsch ihres Gatten ausgedrückt habe. Danach wünschte sie mir alles Gute und fügte wie auf einer idiotischen Cocktailparty hinzu:
«Sie sind ja noch jung, da überwindet man so etwas schnell. Und bald werden Sie einen netten Mann in Ihrem eigenen Alter kennenlernen.»
Was war danach passiert, und warum? Warum beginnen alle diese Puzzleteile ausgerechnet hier umherzutanzen, hier, ein paar tausend Meilen über der Erde und über den Startbahnen, wo sämtliche Wunden entstanden sind? Warum muß ich dieses widerliche Bild in der Zeitung sehen – dieses Bild, das weder Zeit noch Vernunft jemals werden ausradieren können? Wer von beiden hat bereut? Er oder sie? Wer von beiden hat diesen Ablaßbrief gekauft? Wer von beiden hat sich diese großherzige Spende für das Kinderheim ausgedacht, kurz nachdem sein eigenes Kind . . .
Ich vermag den Gedanken nicht einmal zu Ende zu denken. Jedes einzelne Wort dieser letzten Einsicht schmerzt mich mehr als die gesamte Müdigkeit, Einsamkeit und Enttäuschung der letzten Monate.
«Sie müssen den Sicherheitsgurt anlegen», sagt die Frau neben mir. Die fremde Frau mit dem zellophanverpackten Blumenstrauß auf dem Schoß.
«Ich habe keine Angst vor dem Tod», sage ich und starre sie an.
«Fehlt Ihnen etwas – Sie sehen so blaß aus! Soll ich um ein Glas Wasser bitten?» fragt die fremde Frau und mustert mich mit mütterlicher Anteilnahme.
«Nein, nein», wehre ich ab und versuche mich krampfhaft

zusammenzunehmen. «Ich habe nur etwas in der Zeitung gelesen – etwas sehr Eigenartiges . . .»
«Und das wird Sie so erregt haben. Lassen Sie mich die Zeitung nehmen», sagt sie und nimmt mir die Zeitung aus meinen steifen, immer noch hochgehaltenen Händen.
«So, und jetzt legen Sie den Gurt an. Es ist töricht, damit nachlässig zu sein, selbst wenn das Flugzeug nicht abstürzt. Meine Tante hat sich ihren Rücken ruiniert, weil sie den Gurt zu früh öffnete, bevor das Flugzeug ganz gelandet war. Plötzlich gab es ein fürchterliches Luftloch . . .»
«Verzeihung, darf ich Sie etwas sehr Persönliches fragen», sage ich und fühle mich immer blasser werden, während die Übelkeit in mir aufsteigt.
«Bitte sehr.»
«Sind Sie katholisch?»
«Ja, ich bin Italienerin und katholisch.»
«Wie denken Sie über die Abtreibung? Bitte entschuldigen Sie, daß ich so direkt frage – aber da stand ein Artikel in der Zeitung, und ich interessiere mich für den Katholizismus.»
«Ich bin natürlich ganz und gar gegen die Abtreibung», sagt sie. Ihr abwartender Blick verrät, daß sie noch nicht entschieden hat, ob die plötzliche Frage der fremden Frau Wahnsinn oder Interesse bedeutet. Ihr schwarzes Haar ist kunstvoll frisiert und erinnert mich an eine Frisur, die meine Mutter in den sechziger Jahren trug. Unter der geblümten Seidenbluse sehe ich eine Halskette mit einem goldenen Kreuz daran.
«Meine Liebe, Sie sehen wirklich elend aus. Soll ich nicht doch der Stewardess Bescheid sagen?» fragt sie.
«Nein, das ist nicht nötig. Mir geht es gleich wieder besser. Würden Sie mir vielleicht noch eine Frage beantworten, über die ich mir den Kopf zerbrochen habe? Wenn ein katholischer Mann von einer protestantischen Frau ein Kind erwartet . . . und er das Kind nicht haben will und sie daher zu einer Abtreibung überredet – ja, sie zu einer Abtreibung zwingt, da er das

Kind unter keinen Umständen haben will ... ist es da üblich, daß er das wiedergutzumachen versucht? Ich meine, daß er es dann im Sinne Ihrer Religion gutzumachen versucht?»
«Ja, natürlich – dann kann er ja etwas für die Kinder tun, die am Leben sind.»
«Er könnte armen Kindern Geld schenken, meinen Sie das?»
«Ja, oder alleinstehenden Frauen mit Kindern helfen. Es gibt ja viele Möglichkeiten, zu zeigen, daß man bereut.»
«Wäre eine Schenkung an ein Kinderheim zum Beispiel eine gute Sache?»
«Ja, sicher – aber ich verstehe die Frage doch nicht ganz. Ein wahrhaft katholischer Mann würde eine schwangere protestantische Frau niemals im Stich lassen, so wie Sie es beschreiben. Was sind das für brutale Männer, von denen Sie da reden?»
«Aber gesetzt den Fall, es würde dennoch geschehen?»
«Ja, da wäre ein Kinderheim natürlich eine gute Geste, um deutlich zu machen, daß man Vergebung sucht.»
«Darf ich eine letzte Frage stellen, bevor wir landen?»
«Natürlich, bitte fragen Sie, auch wenn ich Ihre Fragen nicht ganz verstehe», sagt sie und sieht mich mit forschenden dunklen Augen an.
«Wenn die betreffende Frau zur Abtreibung gezwungen wurde und dann entdeckt, daß sie nicht damit fertig wird ... Nehmen wir mal an, sie grübelt Tag und Nacht und vermißt das Kind unablässig. Endlich beschließt sie, den Mann umzubringen, da er ihr Kind umgebracht hat. Würden Sie als Katholikin sie verstehen?»
«Nein, als Katholikin nicht – aber als Frau. Ich würde sie als Frau verstehen. Als ob ich nicht wüßte, wie viele Männer Frauen täglich zur Abtreibung zwingen – unabhängig von der Religion. Als Frau würde ich sie gut verstehen – aber dennoch würde ich ihr abraten. Der Mann ist noch nicht erfunden, der es wert wäre, daß man seinetwegen mehrere Jahre im Gefängnis verbringt. Kein einziges Gericht auf der ganzen Welt

würde die Frau freisprechen. Überall sind es ja Männer, die die Urteile fällen. Die meisten Männer am Gericht würden den Mann verteidigen, da sie selbst ja schon einige Abtreibungen veranlaßt haben. Es ist tragisch – aber wir Frauen sind völlig machtlos, wenn ein Mann das Kind nicht haben will, das wir erwarten.»

«Sie haben recht, der Mann würde nicht einmal eine Gefängnisstrafe erhalten, aber die Frau würde zu lebenslänglich verurteilt werden. Ein Mann darf ein werdendes Kind beliebig oft zum Tode verurteilen, ohne auch nur Bußgeld bezahlen zu müssen. Aber eine Frau darf den Mann nicht umbringen, der ihr Kind getötet hat. Nur wenn der Mann die schwangere Frau so schlägt, daß sie den Fetus verliert, kann er verurteilt werden. Aber was er mit ihrer Seele, mit ihrer Psyche anstellt, wenn sie ein Kind erwartet, danach fragt kein Gericht . . .»

Die fremde Frau sieht mich an. Sie sieht mich mit plötzlichem Verständnis an.

«Wenn Sie in Venedig ankommen, sollten Sie einen Priester aufsuchen und mit ihm sprechen. Er kann Ihre Fragen sicher besser beantworten. Ich habe nur aus dem Herzen heraus gesprochen – so wie ich es empfinde.»

«Danke, das ist mehr als genug. Sie sind sehr freundlich und verständnisvoll gewesen. Ich fühle mich viel besser. Vielen Dank, daß Sie mir geholfen haben», sage ich.

Sie streckt ihre Hand aus und legt sie ganz selbstverständlich auf die meine.

«Sie sind ja eiskalt», sagt sie.

«Ja, ich friere», sage ich.

«In Venedig ist es sehr warm. Der Sommer ist in diesem Jahr früh nach Venedig gekommen», sagt sie und hält weiterhin meine Hand, während das Flugzeug zum Meer hinabtaucht und auf einem der seltsamsten Flugplätze Europas landet – ganz von Wasser umgeben.

Ich halte ihre Hand und denke an mein Kostüm in meinem

Koffer. In dem handgemachten Koffer aus dickem Leder, den Josef mir geschenkt hat. Der Koffer, der mein Kostüm für den Maskenball enthält.
Nach langem Zögern habe ich beschlossen, als Jüngling und Page verkleidet auf den Maskenball zu gehen, damit Josef mich nicht erkennt. In meinem Koffer, den Josef mir geschenkt hat, liegt ein Pagenkostüm, die exakte Kopie eines Kostüms aus dem 18. Jahrhundert.
Das Kostüm saß wie angegossen, als ich es anprobierte. Es verwandelte mich in einen anonymen Knaben – vor allem, nachdem ich die schwarze Maske aufgesetzt hatte.
Nach einem echten Degen hatte ich dagegen lange suchen müssen. Im Kostümverleih gab es nur schlechte Imitationen. Da fiel mir ein, daß einer meiner Brüder alte Waffen sammelte. Er hatte mir eine echte Rarität geliehen, einen antiken Degen.
«Aber sei vorsichtig – du darfst ihn nie aus der Scheide ziehen, er ist immer noch sehr scharf. Aber auf einem Maskenball besteht wohl kaum die Gefahr. Du mußt mir nur versprechen, ihn nicht einmal zum Spaß zu ziehen. Er hat früher sicher sehr viele Menschen getötet – zumindest hat er mit ziemlich viel Blut Kontakt gehabt . . .»
Ich denke an das Kostüm, an den alten Degen, und plötzlich höre ich Tamara Rodrigues' Stimme:
«Sein Leben ist in Gefahr – aber nicht durch dich . . .»

## Atto terzo – Dritter Akt

*Ach, des vergeblichen Treffens*
*düstere Lockung,*
*als weigere sich die Ahnung,*
*dem Schicksal sich zu fügen . . .*
*Als wolle alles in ein letztes Lebewohl*
*sich grausam verwandeln!*

*Gustav III. in ‹Ein Maskenball›*

Venedigs Flughafen im erwachenden Sommer.
Blaßblaues Frühsommerwasser – ein sinnlicher Himmel.
Das Licht, von einem Meister geschaffen. Das Licht, das auf den zerbrechlichen Spiegeln der Wasseroberfläche spielt. Spiegel, die bald zerstört sein werden – Spiegel, die bald unter dem narzißtischen Lächeln ihres Betrachters zerspringen werden.
Wer hat das Licht geschaffen? Dieses Licht, das lautlos in wilden weißen Irrfahrten über den unwirklichen Flugplatz gespült wird. Ein Flugplatz in einem Dämmerungstraum. Ein Flugplatz, der wie ein Hafen ist. Ein erleuchteter Hafen in einem Traum ohne Landkarte.
Wer hat dieses verführerische Licht geschaffen? Das Licht, das ständig zunimmt, bis es meine Augen erreicht. Meine Augen, die so lange in dunklen Zimmern ohne Fenster und Sterne eingeschlossen waren.
Wer hat dieses Licht geschaffen? Ein verliebter Gott muß es gewesen sein, ein rücksichtsloser Gott. Diese Kaskaden aus Himmelslicht, dieses verzückte Wasser und diese erotische Stille der Luft sollten nur liebende, jubelnde Menschen durchwandern dürfen.
Jetzt beginnen ein paar weißgekleidete Männer in leuchtend hellen Baumwolluniformen sich langsam auf mich und meine geblendeten Augen zuzubewegen. Ihre Schulterklappen leuch-

ten vergoldet. Sie strecken mir ihre starken braungebrannten Hände entgegen und fragen, ob sie mein Gepäck nehmen dürfen.
Ich möchte ihnen klarmachen, daß ich aus einem erfrorenen Land komme, in dem die Nächte brüllen vor Kälte und die Kopfkissen mit Frostblumen bestickt sind. Und mit Einsamkeit.
Ich komme aus einem erfrorenen Land, und meine einsamen Hände sind mißtrauisch. Dennoch strecken die weißgekleideten Männer in ihren Baumwolluniformen mir ihre hilfsbereiten Hände entgegen.
«Wir bringen Ihr Gepäck zum Boot», sagen sie eifrig und beladen einen altmodischen Karren mit meinem Gepäck. Ringsum ist es immer noch still und schmerzlich hell. Die Stille läßt mich die Düfte wahrnehmen. Die Düfte, die in meine müden Sinne hineinwehen. Düfte, die es nicht mehr gibt. Düfte, die meine Kindheit in ein geheimes, seit vielen Jahren nicht mehr geöffnetes Tagebuch eingeritzt hat. Düfte nach Bootsfarbe und Teer, und dann dieser besondere trockene Duft, der nur von vielen Holzbooten in einem Hafen ausgehen kann. Eine Luft, durch grobes Meersalz gesiebt, warm und frisch.
Jetzt beginnen die Männer den Karren vorwärts zu schieben. Die Räder sind aus Holz und knirschen auf den Pflastersteinen des Kais. Ich bin von Wasser umgeben. Alles ist Wasser. Keine Autos – keine Straßen. Nur diese Lagunen, diese Wasserspiegel, diese Meeresgassen.
Die weißgekleideten Männer führen mich an den Kai, wo Reihen von altmodischen, glänzenden Holzbooten liegen. Eines dieser Boote wird mich übers Wasser zum Lido hinausführen, zu Venedigs Sandstrand und Oase.
Lido – der weiße, funkelnde Lido, wo der müde, ausgebrannte und schon sterbende Gustav von Aschenbach seiner letzten Leidenschaft begegnete und seinem zu frühen Tod. Tadzio – schön, spöttisch, unerreichbar, ein lebensbedrohlicher Gifttrop-

fen für das Herz eines Mannes in mittleren Jahren, das nicht mehr an rasche Bewegungen und die Enttäuschungen der Liebe gewöhnt war.

Aschenbach kam an jenem Tag vor fast hundert Jahren ebenfalls vom Meer aus nach Venedig, und seine brennenden Augen wurden ebenso geblendet wie die meinen:

*So sah er ihn denn wieder, den erstaunlichsten Landungsplatz, jene blendende Komposition phantastischen Bauwerks, welche die Republik den ehrfürchtigen Blicken nahender Seefahrer entgegenstellte: die leichte Herrlichkeit des Palastes und die Seufzerbrücke, die Säulen mit Löw' und Heiligem am Ufer, die prunkend vortretende Flanke des Märchentempels . . .*

«Dann fahren wir jetzt zum Lido», sagt einer der weißgekleideten Männer, läßt den Motor an und hilft mir gleichzeitig ins Boot hinunter.

«Wollen Sie in der Kabine sitzen oder hier oben auf Deck?»

«Ich bleibe hier oben», sage ich, und das gepflegte Holzboot steuert geschmeidig durch die Straßen aus blankem blaßblauem Wasser. Diese blassen, von europäischer Kulturgeschichte gesäumten Gewässer.

Weiterhin ist alles still und voller Duft. Ich sitze hinter dem Mann, der das Schiff steuert, und sehe seinen Nacken und seine braungebrannten Unterarme, die das alte hölzerne Steuerrad drehen. Manchmal wendet er mir sein Profil halb zu und sagt etwas über die Paläste, an denen wir vorbeifahren. Manchmal gibt er mit lässigem Lächeln eine Jahreszahl von sich, um mich dann wieder mit kindlicher Offenheit anzuflirten.

Venedig – Stadt der Masken und der Maskenbälle, die stets eine parfümierte, glitzernde Maske zur Hand hat, um ihre schlechten Zähne, ihren ausgemergelten Leib und ihre Todesangst zu verbergen.

Venedig – die extravagante Dirne, Sinnbild des liderlichen, zerfallenden Europas. Verzweiflung und Auflösung. Eine Frau, die sich weigert, den Verfall des Alterns zu akzeptieren. Eine

sterbende Primadonna, die sich weigert, einzusehen, daß die erleuchtete Szene bald in ihrem eigenen Schlamm versinken wird, in ihrer eigenen Vergänglichkeit.
Venedig – eine Frau, die ihre Röcke schamlos über ihre vergötterten Beine hochzieht. Über ihre vergötterten und zugleich gelähmten Beine. Insgeheim gelähmt . . .
In dieser verfallenden Stadt werde ich den Mann wiedersehen, den ich liebe und hasse. Josef – der einzige Mann, der mein Herz berührt und meine Seele in Besitz genommen hat.
Josef – der einzige Mensch, den ich mit einer Liebe geliebt habe, die in Anbetung überging.
Josef und meine Liebe – ebenso zerfallend wie die bittere Schönheit Venedigs. Eine lähmende Liebe.

## 12

Das Hotel liegt in würdevoller Stille vor mir. In einer Stille, die überlebt hat. Weiß, in ruhiger Majestät liegt es da, die typische Fassade der Jahrhundertwende dem Sandstrand und den Reihen von sonnengebleichten Badekabinen zugewandt. Die Gartenterrasse ist voller Rosen, deren Duft sich schubweise über den fast menschenleeren Strand ausbreitet und sich mit dem Salzgeruch vermischt.
Ich erkenne die altmodische Empfangsterrasse; obwohl ich noch nie hiergewesen bin, erkenne ich doch alles wieder. Natürlich, ich habe ja über das Hotel gelesen und es später auch im Film gesehen. Wieder ‹*Der Tod in Venedig*›. Genau dieses Hotel war es, in das von Aschenbach kam, und da das Hotel noch unverändert existierte, wurde auch Viscontis Film hier gedreht.
*Hotel des Bains.*

Wieder überkommt mich ein Gefühl von näherrückender Gefahr. Mit einem Schauder denke ich an die Worte der mexikanischen Frau. Wie eigenartig, daß der Film, der vor dem «Maskenball» hier gedreht wurde, von Leidenschaft und Tod in Venedig handelte.
Ich versuche diese plötzliche Angst abzuschütteln und gehe zum Portier hinüber, der mich freundlich begrüßt.
«Signore Canio wünscht, daß Sie sofort mit ihm Kontakt aufnehmen . . .» Der Portier spricht den Namen des Regisseurs mit großem Respekt aus.
«Ich wollte eigentlich vorher noch einen Strandspaziergang machen – würden Sie bitte mein Gepäck auf mein Zimmer bringen lassen?» sage ich. Der altmodische Hemdkragen und der kunstvolle Schnurrbart des Portiers lassen an längst vergangene Sommer denken.
«Selbstverständlich. Signore Canio sitzt mit seinen Gästen unten im Strandrestaurant. Er bat mich, Ihnen mitzuteilen, daß Sie so schnell wie möglich kommen möchten.»
«Dann werde ich sofort hingehen. Noch eine Frage – ist Mr. – Mr. Josef Hardy aus Paris schon angekommen?»
«Einen Augenblick, ich schaue gleich mal nach», sagt der Portier und blättert in seinen Gästelisten. Er sieht mich an und fragt: «Er kommt wohl auch zu diesem Ball – diesem Maskenball, nicht?»
Ich nicke und fühle, wie mein Herz heftiger zu klopfen beginnt, wenn ich nur seinen Namen ausspreche. Während der Portier in seinen Papieren blättert, überlege ich, ob es ein Glück oder ein Unglück ist, so stark von einem anderen Menschen berührt zu sein, daß die Erwähnung seines Namens genügt, um die Bahnen meines Blutes zu beeinflussen.
«Nein, Signorina – er ist noch nicht angekommen. Wir erhielten ein Telex, daß er und seine Frau mit einem späteren Flugzeug kommen.»
«Seine Frau?» sage ich – rufe ich aus.

«Ja, es ist für zwei Personen reserviert. Mr. Josef Hardy mit Gattin.»
«Ja, ja, natürlich kommt er mit seiner Frau», sage ich und zwinge meine Stimme in eine unberührte Tonlage zurück.
«Soll ich ihm etwas ausrichten?»
«Nein, nein, da gibt es nichts auszurichten!» wehre ich ab, ohne den höflichen Augen des Portiers ausweichen zu können.
«Doch, das gibt es eigentlich immer . . .» sagt er rasch, und seinem Tonfall entnehme ich, daß er dies außerhalb des Drehbuchs sagt, außerhalb des Reglements. Ringsum ist es sehr still, und auf den altmodisch hohen Empfangstresen aus handgeschnitztem Holz fällt ein Sonnenstrahl in Form eines verschwommenen Kreuzes . . . Trotz der sommerlichen Wärme erschauere ich noch einmal.
Ich drehe mich um und sehe die Erklärung für das Kreuz. Die Sonne scheint durch ein Fenster herein, dessen Vorhänge so arrangiert sind, daß der Schatten ein Kreuz bildet.
«Alles hat seine Erklärung, nicht wahr», sage ich mehr zu mir selbst als zum Portier und meine das Sonnenkreuz vor ihm, das er nicht sehen kann, da er hinter dem Tresen steht.
«Natürlich», sagt er und macht eine formelle Verbeugung, schon wieder zurückgekehrt ins Reglement, ins Drehbuch. Dann fügt er hinzu:
«Wünschen Sie ein Zimmer zum Meer?»
«Selbstverständlich – liegen denn nicht alle Zimmer zum Meer hinaus?»
«Es gibt immer eine Meeresseite und eine – Hofseite . . .»
«Das Meer – wenn ich wählen darf», sage ich und lächle über sein bewußtes oder unbewußtes Gleichnis.
«Wenn es um Hotelzimmer geht, können wir immer wählen . . .» sagt er und lächelt zurück. Seine Schlagfertigkeit ist vertrauenerweckend. Ich frage ihn:
«Entschuldigen Sie, aber ich bin Signore Canio noch nie in Wirklichkeit begegnet. Natürlich habe ich ihn auf Fotos und im

Fernsehen gesehen – aber ich möchte dennoch sicher sein, daß ich ihn erkenne. Können Sie ihn beschreiben?»

«Cesare – oh, ja, Cesare wohnt jedes Jahr hier, und wir kennen uns gut. Für mich ist er nur Cesare. Sie würden ihn in jeder Volksmenge wiedererkennen. Nicht weil er berühmt ist – sondern weil er . . . wie soll ich es erklären, er ist wie eine Sonne. Er strahlt Liebe aus – Liebe zum Leben und zu den Menschen. Ein wahrer Künstler muß viel Liebe ausstrahlen, muß viel Liebe mit sich tragen. Sie werden ihn wiedererkennen, ganz sicher!»

Ich bedanke mich bei ihm, und er streckt auf italienische Art rasch seine Hand aus, um zu zeigen, daß wir Freunde sind – daß ich mich jederzeit an ihn wenden kann.

Ringsum ist es immer noch sehr still. Die Sonne flimmert immer noch in einem Kreuz über der matten Holzoberfläche des Empfangstischs.

Ich gehe durch die altertümlichen Türen hinaus und überquere die rosenduftende Terrasse, wo ein paar zerbrechliche englische Damen in dünnen Sommerkleidern Tee trinken. Hinter den offenen Terrassentüren des Speisesaals spielt ein Pianist eine Chopin-Etüde, und die Töne suchen sich leise und tastend einen Weg hinaus zu den Rosen und der Stille.

Zwei, vielleicht drei Schritte in der lauen, reinen Luft. Vor mir liegt der Strand. Der weiße, funkelnde Strand.

Ich bin froh, daß ich den Strand vom Lido zum erstenmal ruhig und fast ohne Menschen sehe. Einen Strand ohne Menschen, ohne farbenfrohe Luftmatratzen und schreiende Verkäufer zu sehen, ist, wie wenn man eine schöne Frau ungeschminkt mit nacktem Gesicht sieht.

Hier in der Stille und ungeschminkten Schönheit des Strandes stieg Aschenbach vor bald hundert Jahren aus; ebenso wie ich noch in Reisekleidern, als er zum erstenmal der Schönheit des Strandes und des Knaben Tadzio begegnete. Seine weißgekreideten Stoffschuhe schnitten in die sonnenwarme Samtfläche des feinkörnigen Sandes, und dann stand Tadzio vor ihm.

Tadzio . . . eine bestürzende Wirklichkeit oder eine Traumgestalt, aus den blaßblauen Wellen hochgespült?
*Sein Antlitz, bleich und anmutig verschlossen, von honigfarbenem Haar umringelt, mit der gerade abfallenden Nase, dem lieblichen Mund, dem Ausdruck von holdem und göttlichem Ernst . . .*
Während ich meine Hand hebe, um das Licht abzuwehren, bleibe ich auf demselben Strand im selben Sand stehen. Vor meinem inneren Auge sehe ich ein anderes Gesicht – ein Gesicht, an das ich mich eigentlich nicht mehr erinnern sollte. Ich hätte meinen Verstand und mein Herz zwingen sollen, die Erinnerung an dieses Gesicht in Vergessen und kalter Bitterkeit zu ersticken. Aber weder mein Verstand noch mein Herz haben auf diese meine Befehle gehört.
Statt dessen stehe ich jetzt hier, und alle meine Sinne sind genauso ungeschützt wie meine Augen oder meine blasse schwedische Haut der gierigen italienischen Sonne ausgesetzt. Und ich sehe das Gesicht – ein dunkles Gesicht, erregt vor Zorn und Zärtlichkeit. Ein gealtertes Gesicht voller Narben, geschunden und liebkost, geschlagen und verziehen, ein Gesicht in Ruhe und in Schmerz. Das ewig Kindliche der trotzigen Lippen. Die Augen, die distanzierten, verwundeten Augen – das linke immer mit einem anderen Ausdruck als das rechte. Diese unausgeglichenen, leicht resignierten Augen, die meine Anbetung beobachten – die letzte Anbetung meines Lebens . . . Josef . . .
«Andrea – Andrea . . .»
Ich senke die schützende Hand über meinen Augen und kehre widerstrebend in die Wirklichkeit des Strandes zurück. Durch das Plätschern der Wellen und die trägen Schreie der nachmittäglich müden Seevögel hindurch höre ich eine rauhe Stimme meinen Namen rufen.
Ein langer Mann in weißen Jeans und weißem Baumwollpulli kommt mir halb entgegengelaufen. Er ist barfuß und winkt mir eifrig wie ein kleines Kind zu. Er hat graues, lockiges Haar.

«Andrea – Andrea . . .» ruft er. Er kommt her und nimmt mich herzlich in die Arme. Sein römisch scharfgeschnittenes Gesicht ist braungebrannt.
«Signore Canio», sage ich und denke an die treffende Beschreibung des Portiers. Er hatte recht – ich stehe vor einem Menschen, der stark und unmittelbar ein Gefühl von Liebe ausstrahlt. Signore Canio ist ein alter Mann – sieht aber dennoch wesentlich jünger aus als auf sämtlichen offiziellen Fotos, die ich von ihm gesehen habe.
«Bitte, liebe Andrea, nenn mich doch nicht Signore . . . so alt bin ich nicht», sagt er mit scherzhafter Empörung. «Ab jetzt bist du Andrea – und ich bin Cesare. Wir arbeiten zusammen, also sind wir Kollegen, nein, sogar Freunde. Ich kann nur mit Freunden arbeiten, sonst klappt die Zusammenarbeit nicht.»
«Aber du kennst mich doch gar nicht», wende ich ein und folge ihm über den Strand zu einem fast leeren Strandcafé, dessen blankgescheuerte Tische unter weißen Markisen in angenehmem Schatten liegen.
«Ich verlasse mich ganz auf meine Intuition. Als ich in Berlin dein Stück gesehen hatte, wußte ich sofort, daß wir uns kennenlernen würden – und daß wir uns verstehen würden. Komm mit, ich stelle dich meinem Assistenten, dem Fotografen und meiner Frau vor.»
Wir treten in den Markisenschatten und nähern uns dem einzigen gedeckten Tisch, auf dem ein paar Weißweinflaschen mit fast hellgrünem Wein zwischen verstreuten Manuskriptblättern und Szenenskizzen stehen.
Seine Frau Oriana ist eine ruhige ältere Frau mit kurzem Haar, ungeschminktem Gesicht und Augen, die alles gesehen, aber dennoch eine Art Freude und Zuversicht behalten haben.
«Jetzt können wir nicht mehr allzu viel besprechen», sagt Cesare und sieht auf die Uhr. «Wir müssen uns rechtzeitig für heute abend umziehen. Wenn es dir recht ist, können wir uns vorher noch auf einen Drink bei mir treffen», fügt er hinzu und nickt

mir zu. Dann beginnt er, ohne meine Antwort abzuwarten, im Drehbuch zu blättern.
«In deinem Drehbuch gibt es eine interessante Änderung, die ich telefonisch oder schriftlich nicht mit dir besprechen konnte.»
«Bist du unzufrieden?» frage ich und fühle die ständig gegenwärtige Kindheitsangst vor Mißlingen und Bestrafung in mir aufsteigen.
«Aber Andrea, du siehst ja richtig erschrocken aus. Ich bin außerordentlich zufrieden. Ich wollte dich nur fragen, warum du so plötzlich das Tempo und die Temperatur änderst, so abrupt, beinahe aggressiv abrupt?»
«Meinst du in der Handlung?»
«Nein, ich meine zwischen dem König und Amelia – oder zwischen Josef und Andrea. Ihre Haltung ändert sich plötzlich, und ihre Liebe wird beinahe haßerfüllt.»
«Das ist bewußt», sage ich und hebe den hellgrünen, eisgekühlten Wein an meine Lippen, die zu zittern beginnen.
«Aber warum?»
«Weil Liebe ohne Mut immer in Haß übergeht», sage ich erregt.
«Du meinst den mangelnden Mut des Königs – seine Suche nach dem historischen Edelmut? Der Edelmut Gustavs III., der Amelia und ihren Gatten wegschickt, statt stehenzubleiben und seiner Liebe und seinen Gefühlen in die Augen zu sehen?»
«Ja. Seine bis zuletzt währende, ewige Maskerade – bis in den Tod», erwidere ich. «Das ist auch der Grund, warum ich die Handlung in die Gegenwart verlegt habe – mit modernen Menschen, die moderne Namen tragen. Auf diese Art wird die Botschaft des Films deutlicher: die ewige, bittere Verwandtschaft der Liebe mit dem Leiden und dem Verletzen. Das verliebte Herz, das dem Glück stets ebenso nahe ist wie der Möglichkeit, zu verbluten. Der Zerfall der Stadt Venedig, der die zerfallende Liebe zwischen einem Mann und einer Frau einrahmt, die sich nicht zu lieben wagen, ohne sich gleichzeitig zu

verletzen . . . Wie in diesem alten Lied: *You always hurt the one you love – the one you shouldn't hurt at all . . .*»

«Gut, ich verstehe – aber behandelst du den Mann in den Schlußszenen nicht doch ein bißchen zu hart?»

«Das ist logisch und notwendig . . . Schließlich ist es ja nicht die Frau, die die Konsequenzen ihrer Liebe verleugnet. Er ist es doch, und das ist in meinen Augen leider sowohl historisch als auch klassisch.

In der Liebe ist es so gut wie immer die Frau, die Glaube und Ausdauer besitzt. Die Frau ist diejenige, die wider alle Vernunft weiterhofft und für das, was sie aus verschiedenen Gründen oft für wichtiger als alles andere hält, sowohl Karriere als auch gesellschaftliches Ansehen aufgibt. Natürlich setze ich ihm im Drehbuch zu. Das ist bewußt: der Film darf ja nicht nur die Schilderung einer schönen, aber unglücklichen Liebesgeschichte werden. Er muß zugleich auch zeigen, wie wahnsinnig es ist, daß so viele Menschen die Liebe abwählen, sie verleugnen und beschmutzen, indem sie sich stets vor dem geringsten Hindernis bücken, vor dem geringsten sozialen Einwand. Dies ist ein Film, der den Glauben des Menschen an die Liebe wieder aufrichten kann. Cesare, große Liebe ist etwas Seltenes, eine Rarität! Die meisten Menschen leben ein kaltes, verkrüppeltes Leben, ohne jene Liebe, über die du geniale Filme machst, auch nur je zu berühren.»

«Ich mache Filme – und du schreibst. Wörter und Bilder an Stelle der Wirklichkeit. Vielleicht haben wir ebenfalls Angst, Andrea?»

«Die Wirklichkeit – durch Wörter und Bilder vermittelt», sage ich. «Wir schildern doch Teile der Wirklichkeit – wir fliehen doch nicht, hoffe ich?»

«Ich fliehe», sagt er abrupt und plötzlich. «Ich bin ein Leben lang geflohen. Ich habe unerhört große Angst vor der Liebe . . . Frage meine Frau. Ich mache nur Filme über das, was ich fürchte – die Angst war schon immer meine größte Antriebskraft. Aber ich bin ja ein Mann – du bist eine Frau. Was die Angst des Mannes vor der Liebe anbelangt, hast du vielleicht recht. Gleichzeitig wäre es für all die Frauen doch so einfach, uns ein wenig zu trösten ... uns zu zeigen, daß es vielleicht doch nicht so schlimm ist – die Hand auf unser Herz zu legen und uns zu beruhigen ... Es gibt so wenige Frauen, die einen Mann zu trösten wagen. Ihr habt ebenfalls Angst, vor allem die jungen Frauen, die so wie du nach dem Krieg geboren wurden. Die älteren Frauen, die den Krieg erlebt haben, haben viel über die Angst des Mannes gelernt, viel über den Trost – über das verzweifelte Bedürfnis des Mannes nach Trost. Die junge moderne Frau hat ganz einfach vor ihrer eigenen Mütterlichkeit Angst und wagt daher nicht zu trösten. Sie ist ganz darauf eingestellt, ihren eigenen Mut zu zeigen, ihre Selbständigkeit und Kraft.»

«Das, was du als ‹die moderne junge Frau› bezeichnest, gefällt dir wohl nicht?» frage ich und sehe einen hilflosen Zug in seinem alternden Gesicht auftauchen. Dieses Gesicht, das einen Krieg erlebt hat. Ein Gesicht, das den Gerüchten und Zeitungsberichten nach oft von Frauen geliebt worden ist, die sowohl vor als auch nach dem Zweiten Weltkrieg geboren wurden.

«Ich weiß nicht, Andrea – ich weiß nicht. Ich glaube, ich fürchte mich sowohl vor den gestrigen als auch vor den heutigen Frauen. Die älteren Frauen erschrecken mich durch ihr Festklammern an etwas, das nicht mehr existiert – die neuen dadurch, daß sie um jeden Preis beweisen wollen, wie wenig sie den Mann brauchen. Wer will schon ununterbrochen feststellen, daß er nicht gebraucht wird?»

«So habe ich dich noch nie reden hören – kommt das auch mit in den Film?» sagt seine Frau plötzlich mit ihrer leisen, langsamen Stimme, deren beherrschte Langsamkeit der ungeduldigen Schnelligkeit ihres Mannes entspricht.

«Ach, verzeih, ich wußte nicht, daß du zuhörst. Du schienst so von deiner Unterhaltung mit Sergio in Anspruch genommen – nein, das werden wir nicht im Film bringen ...»

Er dreht sich wieder zu mir um und sieht mich mit seinen klaren, durchdringenden Augen an.
«Andrea, ich muß dich etwas ganz Persönliches fragen. Darf ich das, und versprichst du, mir eine aufrichtige Antwort zu geben?»
«Natürlich, wenn ich es kann.»
«Warum hast du der Frau im Film deinen eigenen Namen gegeben?»
«Das ... das ... kann ich eigentlich nicht beantworten. Von Anfang an war das reiner Zufall ... Danach fiel es mir schwer, es zu ändern ... aber wenn du es lästig oder verkehrt findest, können wir gern darüber sprechen. Namen kann man immer ändern.»
«Nein, nein – da bin ich anderer Ansicht. In jedem Buch, in jeder Geschichte sind Namen etwas sehr Wichtiges. Ich habe nur überlegt ... das ist nur meine lästige alte Intuition, die sich wieder bemerkbar macht. Vergiß es. Selbstverständlich werden wir den Namen beibehalten ... und den anderen auch. Bevor ich es vergesse – was wirst du heute abend anziehen? Ich hätte dir vielleicht ein Kostüm besorgen sollen?»
«Nein, nein, ich habe eines aus Schweden mitgebracht. Genau wie du mich gebeten hast.»
«Und was stellst du dar?»
«Ich komme als Page – als Page Oscar ...»
«Parbleu – diese schwedischen Frauen! Du kommst also als Junge ... und dabei hätte ich dich als Amelia sehen wollen. Ich war davon überzeugt, daß du als Amelia kommen würdest. Nun ja, bestimmt wirst du ein sehr hübscher Knabe und Page sein. Oscar – der den König warnte. Wirst du den König heute abend ebenfalls warnen?»
«Ich weiß nicht», sage ich und versuche über seine zweideutige Frage zu lachen. «Aber jetzt muß ich ins Hotel zurück, es wird allmählich spät. Ich habe noch nicht ausgepackt.»
«Ja, sieh zu, daß du dich vorher noch ein wenig ausruhen

kannst. Venedig ist am ersten Tag immer umwerfend. Eine Stadt, die ihren Besuchern keine Ruhe läßt. Vergiß nicht, vorher bei uns vorbeizukommen. Wir haben eine phantastische Aussicht . . .»

Ich verabschiede mich und gehe rasch über den Strand zum Hotel hinauf. Als ich die Terrasse betreten will, erblicke ich einen Rücken, einen Nacken und einen Hinterkopf, die mich zum abrupten Stehenbleiben veranlassen. Ein dunkler Mann, der das Hotel soeben durch die Eingangstüren betritt. Ein Rücken, ein Nacken und ein Hinterkopf, die meinen ganzen Körper mit Zärtlichkeit erfüllen. Meine Haut, mein Blut, meine Zellen, meine Hände, meine Lippen werden von einer unkritischen Zärtlichkeit ergriffen, während mein Gehirn immer schneller Signale von Haß und Gleichgültigkeit ausschickt.

Unentschlossen und verwirrt bleibe ich stehen, und im selben Augenblick dreht er sich um. Er steht allein auf der weißen Terrasse und wendet sein Gesicht dem Meer zu. Ich weiß, daß er mich nicht sehen kann, da er die Sonne in den Augen hat. Er dreht sich um, und ich sehe ihn zum erstenmal nach all diesen Monaten. Ich sehe ihn von vorn, und die Sonne strahlt ihn an wie einen Schauspieler auf der Bühne.

Sein Haar ist um eine Nuance grauer, als ich es in Erinnerung hatte. Das Grau hat schließlich über das Schwarz gesiegt. Irgend etwas ist in seinem Gesicht vor sich gegangen – etwas, das ich nicht gleich beschreiben kann. Dies ist nicht das glatte, starke, entschlossene, reife Gesicht, das ich als Zielscheibe für meinen Haß und meine Enttäuschung aufgestellt hatte. Dieses Gesicht ist vom Leben eingeholt worden. Josef – immer unverwundbar, immer unzerstörbar; immer bewaffnet, immer zum Kampf bereit. Allein steht er in dem ersterbenden Nachmittagslicht auf der Terrasse, und ich weiß, daß das Leben ihn eingeholt hat. Das, was ich nie in seinem Gesicht zu finden erwartet hatte, ist jetzt dort zu sehen: Müdigkeit und Verzweiflung. Dieser eindeutige Ausdruck, der in den Augen eines Menschen liegt, der sich

schließlich zum Verzicht entschlossen hat. Der akzeptiert hat, daß das Leben letzten Endes nur überlebt und besiegt werden kann, wenn man verzichtet.
Langsam dreht er sich um, fährt sich mit der einen Hand durchs Haar und blickt rasch wieder aufs Meer hinaus; dann geht er zögernd ins Hotel. Er geht wie ein Soldat, der soeben beschlossen hat, das Feld zu räumen – wie einer, der alles verloren gibt, der sich dem Feind ausliefert. Er dreht sich um und geht. Er geht wie einer, der abgedankt hat. Wie ein abgedankter König. Ich möchte am liebsten hinter ihm herlaufen und ihn warnen. Aber wovor?
Erfüllt von aufflammender Zärtlichkeit und intensivem Mitgefühl bleibe ich stehen. Er öffnet die Eingangstüren des Hotels und geht hinein. Die Türen schlagen hinter ihm zu. Alles ist sehr still.
«Geliebter Josef . . . gehaßter Josef . . .»

## 13

Die Dämmerung ist vom Meer durch meine offenen Balkontüren ins Zimmer gedrungen und hat es mit Kühle erfüllt. Davon wache ich auf. Ich wache in einem blauschimmernden Abendlicht auf und fühle die Erwartung in mir vibrieren. Jetzt ist es soweit – jetzt ist heute abend.
Ich fühle mich wie vor den Geburtstagen meiner Kindheit. Die Geburtstagsstimmung ist mit dem Gefühl der Ohnmacht vermischt, das ich stets angesichts einer entscheidenden Mathematikarbeit empfand, deren Aufgaben ich nicht bewältigen konnte. Ich stehe auf und mache die Schreibtischlampe an, deren matter Schein die hohen, altertümlichen Möbel des Zimmers und die

alten Tapeten längst vergangener Sommer hervortreten läßt. Das Pagenkostüm und der kunstvoll verzierte Degen hängen über einem der schmalen Spiegel.
Ich gehe zum Telefon und rufe Cesare Canio an, um mich von seiner Cocktailparty zu entschuldigen. Ich wäre gern hingegangen, aber da Josef und seine Frau mit Gewißheit dort sein werden, möchte ich es lieber vermeiden.
«Du enttäuschst mich – aber vermutlich wirst du deine Gründe haben», sagt Cesare und lacht wieder auf seine zweideutige Art. «Gut, dann sehen wir uns nachher unten im Festsaal, gleich links, wenn du die Treppe hinunterkommst. Komm auf jeden Fall rechtzeitig zur Pressekonferenz. Ich selbst habe vor, mich so spät wie möglich daran vorbeizuschleichen. Wenn es um Fotografen und Publicity geht, bin ich leicht paranoid. Ich weiß nicht, warum, Andrea – aber ich glaube, es wird ein phantastisches Fest. Eigentlich hasse ich Feste, aber dieses hier erregt mich geradezu. Ich empfinde etwas so Seltenes wie Erwartung. Wenn du älter wirst, wirst du das sicher auch entdecken: die Erwartung ist ein seltener Diamant. Das ist eigentlich der einzige Nachteil, den ich bisher am Älterwerden entdeckt habe – dieser Mangel an Erwartung. Ich spüre immer seltener Erwartung. Die Kunst ist das einzige, das noch Erwartung in mir erweckt.»
«Aber heute abend fühlst du dich erwartungsvoll?» sage ich und lächle über seine rührende Aufrichtigkeit.
«Ja. Ich weiß nicht, warum. Auf jeden Fall glaube ich, daß es ein sehr schönes Fest werden wird. Ich war vorhin unten und habe den Saal inspiziert – und er ist einfach überwältigend. Am liebsten würde ich sofort mit dem Film anfangen. Also, dann sehen wir uns nachher. Ich werde nach einem kleinen schwedischen Pagen Ausschau halten – hoffentlich erkennst du mich wieder.»
«Du mußt mir eben eine Losung geben, wie in der Oper», sage ich.

«Gut, du sollst eine bekommen – aber es ist ein ganzes Zitat. Ein Zitat von Camus, das mir seit unserer Unterhaltung den ganzen Nachmittag im Kopf herumgegangen ist – seit deiner flammenden Rede über jene, die die Liebe verleugnen.»

«Tut mir leid, wenn ich übertrieben habe», sage ich.

«Keineswegs. Ich habe viel über das, was du sagtest, nachgedacht. Meiner Frau hat es übrigens auch gefallen, und sie ist sehr kritisch. Nun, bist du bereit?»

«Ja.»

«Liebende, die getrennt sind, können im Schmerz leben, ohne zu verzweifeln, da sie wissen, daß die Liebe existiert.»

Er weiß Bescheid . . . er weiß Bescheid und versteht mich . . . denke ich überrumpelt und will gerade eine Bemerkung darüber machen, als er mit einem kurzen, aber warmen Lachen den Hörer auflegt.

Mit Camus' Worten im Herzen bleibe ich stehen und frage mich, ob es vielleicht trotz allem nur ein zufällig gewähltes Zitat war, ein Zitat, das auf die Oper paßt – auf die Liebe von Gustav und Amelia.

Ich hole meinen kleinen Kassettenrecorder heraus und lege eine Kassette mit Verdis Musik ein, die ich aus Schweden mitgebracht habe. Die kühle Abendluft segelt wie ein Schwarm lautloser Schmetterlinge durch die offenen Türen herein. Mit einem Blick auf die Uhr stelle ich fest, daß ich mich beeilen muß. Bevor ich mich umziehe, gehe ich noch rasch unter die Dusche. Der Maskenball kann beginnen. Ich ziehe das schwarze Trikot an, die hohen Stiefel aus weichem Leder, das weiße, verzierte Spitzenhemd mit den Goldknöpfen und die kurze Samtjacke mit den verschlungenen Stickereien.

Ich knöpfe den hochgeschlossenen Hemdenkragen zu und ziehe die Jacke straff, die mit ihrem dicken Stoff alle weiblichen Formen verschwinden läßt. Dann setze ich die silberweiße Perücke auf mit ihren anmutigen Wellen und dem langen Zopf, der von einer schwarzen Samtschleife zusammengehalten wird.

Mein Gesicht pudere ich sehr hell und schminke dann die Lippen in einer neuen, fremden Form, um schließlich die schwarze Maske aufzusetzen, die nicht nur die Partie um die Augen bedeckt, sondern fast das ganze Gesicht bis hinunter an die Lippen.

Ich starre den Pagen vor mir im Spiegel an. Das Resultat ist verblüffend und macht mir beinahe selbst angst. Vor mir steht ein Jüngling, und ich bin davon überzeugt, daß niemand mich erkennen wird. Vor allem niemand, der nicht damit rechnet, mich heute abend hier auftauchen zu sehen – an einem heißen Frühsommerabend auf diesem Maskenball im *Hotel des Bains* in Venedig. Josef wird mich nicht erkennen.

Während ich das Licht ausmache und die Balkontüren schließe, sehe ich den kunstvoll verzierten Degen auf dem Bett liegen. Den Degen, den ich ganz vergessen habe. Kurz erwäge ich, ihn gar nicht anzulegen. Das Kostüm ist auch so schön und verwirrend genug. Ich probiere ihn dennoch an und schnalle ihn mir um die Taille, die dadurch viel an Männlichkeit gewinnt. Also werde ich den Degen doch tragen. Gleichzeitig denke ich noch einmal, daß ich Josef anrufen und ihn warnen müßte. Aber wovor?

Hier im verführerisch schönen Dämmerungslicht von Venedig kommen mir die Worte der Mexikanerin plötzlich fern und unwirklich vor. Außerdem wird mir immer deutlicher bewußt, daß die Müdigkeit und die intensive Arbeit der letzten Monate zum Teil dafür verantwortlich sind, daß ich die Oper, das Drehbuch und mein eigenes Leben vermischt und verwechselt habe. Ich habe mich so viel mit maskierten und unmaskierten Wahrheiten beschäftigt, daß ich nicht mehr weiß, was Dichtung und was Wirklichkeit ist. Ich nehme vor dem Spiegel eine straffe Haltung ein. Der Page Oscar – der den König diesmal nicht warnen wird. Der König würde ja nur lachen.

Ich mustere meine Verkleidung noch einmal im Spiegel, ziehe den Brustkorb ein und übe mich in männlicher Haltung. Dann

gehe ich die altmodisch geschwungene Treppe hinunter. Schon nach ein paar Schritten auf den weißen Marmorstufen höre ich das Stimmengewirr, das Gelächter und die unglaubliche Musik. Das Orchester spielt Verdis Ouvertüre zu ‹*Ein Maskenball*›, und hundert maskierte Gäste lachen und plaudern zu den überwältigenden Tönen.
Einer dieser Gäste ist Josef – einer bin ich.
Ich folge der Musik und gehe zu den Türen hinüber, die in den Festsaal führen. Zwei ähnlich wie ich gekleidete Pagen verbeugen sich höflich und öffnen mir die Türen. Der Maskenball kann beginnen.
Welcher Maskenball? Mein eigener, privater? Diese ewige Maskerade, die meine tiefsten Gefühle immer zu Pirouetten hinter schützenden Masken und Verkleidungen verführt hat.
Begebe ich mich jetzt ein weiteres Mal in diese Maskerade hinein? Hier in diesem verfallenden Palast am Strand eines Meeres, das ein anderes Salz und einen anderen Glanz hat als das herbe Meer, das an den Felsen der schwedischen Westküste meine Kindheit schuf.
Ich weiß nicht mehr, welcher Maskerade und welchem Meer ich gerade nahe bin. Beschreibe ich die Geschichte des zukünftigen Films, um meine eigene zu verstehen? Oder erlebe ich jetzt meine eigene, um die kommende des Films zu verstehen?
Ich weiß es nicht – ich weiß es nicht mehr. Alle Grenzen lösen sich auf und werden verwischt. Das einzige, was ich verstehe und empfinde, ist das Gefühl totaler innerer Herausforderung und Wahrheit. Mein Herz droht fast den schützenden Rippenkorb zu sprengen und läßt meine Wangen unter der verhüllenden Maske vor Hitze und Spannung unerträglich brennen.
Ich betrete den Festsaal und weiß, daß meine Fragen endlich eine Antwort erhalten werden. Aber ich weiß nicht mehr, wer die Fragen stellt und wer die Antworten formuliert.
Ich betrete den Festsaal und werde von den vielen Masken, den Kostümen und dem glänzenden Schauspiel überwältigt.

Ich betrete den Festsaal. Eine Frage, die ihre Antwort sucht – eine Antwort, die ihre Frage sucht?
Hundert Gäste lachen und plaudern in verschiedenen europäischen Sprachen.
Alle sind maskiert.
Einer der Gäste ist Josef – einer der Gäste bin ich.

## 14

Cesare hat nicht übertrieben. Die Szenerie ist sehr schön. Kunstvoll und schön. Ich bleibe stehen und sehe mich fasziniert um, während die Musik anschwillt. Auf der Suche nach bekannten Gesichtern überquere ich den dunklen alten Parkettboden – aber alle sind sorgfältig maskiert und unerkennbar. Ich werde tatsächlich die Losung brauchen, um auch nur Cesare zu entdecken.
Der warme Festsaal wird von alten Kandelabern erhellt, die die ganze Vorstellung mit ihren weich verschwommenen Flammen in goldenes gedämpftes Licht tauchen. Überall leuchten weißgepuderte Perücken und üppige Seidenmasken durch das sanfte Dämmerlicht. Manche Damen tragen funkelnde Masken zu ihren erlesen arrangierten Perücken. Beinahe alle Männer haben sich streng an das 18. Jahrhundert gehalten und tragen Kniehosen, taillierte Seidenjacken und weiße Strümpfe. Eine Dame mit aufwendigem, sehr provozierendem Kleid lächelt mir hinter einer weißen Maske aus Perlen und Pailletten zu.
Als ich ihr Lächeln nicht beantworte, sieht sie mich mit offen herausforderndem Blick an. Ich wende mich schockiert ab und merke plötzlich, daß ich meine Verkleidung als Jüngling schon vergessen habe.
Leise vor mich hin lachend frage ich einen der ebenfalls im Stil

des Rokoko gekleideten Kellner, der mir Champagner anbietet, ob er weiß, wo ich Cesare Canio finden kann.

«Er steht hinten beim Orchester, aber verraten Sie bitte nicht, daß ich es Ihnen gesagt habe», antwortet er.

Ich trinke den gekühlten Champagner und blicke zum Orchester hinüber, das ebenfalls in Rokokokostümen steckt. Dort steht tatsächlich Cesare im prächtigsten, eindrucksvollsten Kostüm des Abends.

Natürlich, denke ich und lächle vor mich hin, als ich seine königliche Verkleidung entdecke. Er trägt die gleiche weiße Maske, den gleichen schwarzen Domino, das gleiche blaue Band des Seraphinenordens. Die gleiche Verkleidung, die gleichen Farben wie Gustav III., als dieser 1792 seinen schicksalhaften Maskenball in der Stockholmer Oper aufsuchte.

«Signore, wünschen Sie noch etwas Champagner?» fragt der Kellner und tauscht mein Glas aus. An seinem Signore merke ich, daß mein Kostüm tatsächlich gelungen ist. Ich hebe noch ein Glas kalten Champagners an die Lippen. Obwohl die Terrassentüren sowohl zum Garten als auch zum Meer hinaus offenstehen, ist es sehr heiß im Festsaal.

«Haben Sie Signore Canio entdeckt?» fragt der Kellner und zwinkert mir zu.

«Ja, danke.» Ich nicke höflich und betrachte Cesare von weitem. Er ist von einer Gruppe älterer maskierter Frauen und Männer umgeben. Cesare spricht eifrig, und seine ganze Gestalt macht einen ausgelassenen Eindruck.

Es ist jedoch nicht vor allem Cesare, dem mein Interesse gilt – der meine maskierten Blicke anzieht. Meine ganze Aufmerksamkeit ist auf einen der Männer neben ihm gerichtet. Auf einen maskierten, kostümierten Mann, den ich dennoch sofort wiedererkenne. Ein Mann mit sportlich breiten Schultern unter der dunkelroten Brokatjacke. Ein Mann mit spitz zulaufendem Haaransatz unter der weißen Perücke. Ein Mann mit dunklen, verwundeten Augen unter der schwarzen Maske.

Ein zweites Mal an diesem Tag sehe ich seinen Rücken, seinen Nacken, seinen Hinterkopf, und trotz der eleganten Verkleidung, dem Champagnerglas in seiner ausgestreckten Hand und seiner höflichen Konversation mit Cesare und den übrigen nehme ich seine neue Empfindlichkeit wahr. Irgend etwas ist hinzugekommen, etwas, das ich früher nie verstanden und entdeckt habe – oder nicht entdecken wollte. Eine Verletzlichkeit, die ich nur bei mir selbst feststellen mochte.

Jetzt dreht er sich um und läßt seinen Blick durch den Festsaal wandern. Ein paar Masken grüßen ihn, und er grüßt mit zerstreuter, abwartender Haltung zurück. Dann kommen noch mehr Menschen hinzu. Er wirkt belebt und begrüßt sie fröhlich und interessiert. Während er spricht, gewinnen seine Gesten jene Kraft und lebendige, unerbittliche Ausstrahlung zurück, die unsere Begegnungen und die Bilder in meiner Erinnerung stets geprägt hatten.

Ich trete noch näher hinzu und sehe, wie er seine Hand ausstreckt, um jemanden zu begrüßen.

Seine Hand ist so nahe, daß ich feststellen kann, wie gebräunt sie ist. Der rote Brokatärmel gleitet nach oben, und ich erkenne einen Manschettenknopf, den ich heute schon einmal gesehen habe – an Bord des Flugzeugs, auf einem Foto in einer französischen Zeitung. Es ist derselbe Manschettenknopf – es sind immer noch die Manschettenknöpfe, die ich ihm geschenkt habe. Es erfüllt mich mit Freude und Zorn zugleich, daß er sie immer noch trägt. Mit denselben gemischten Gefühlen denke ich daran, daß ich selbst ja auch noch die Goldkette mit dem matten, dünnen Kreuz um den Hals trage, die Josef als Kind trug.

Das Orchester macht eine Pause, und der Dirigent verbeugt sich zu zwei Schauspielern hinüber, die auf der improvisierten kleinen Bühne Platz nehmen. Cesare dreht sich um, erblickt mich und kommt mir triumphierend entgegen. Er bleibt stehen, sieht mich fragend an und sagt:

«Meine Losung ist: Liebende, die getrennt sind, können dennoch im Schmerz leben . . .»
«Albert Camus», erwidere ich lächelnd. «Wieso hast du mich erkannt?» frage ich flüsternd, während die Schauspieler auf der Bühne zu rezitieren und zu singen beginnen.
«An deinen Händen», flüstert Cesare zurück. «Du mußt die Manschetten hinunterziehen – ein Jüngling hat keine so weiblichen Hände. Aber andererseits ist Oscar ja eine Sopranrolle.»
Cesare lächelt und verschwindet im Gedränge zur Bühne hin, wo die Worte von Gustav und Amelia sich mit den Streicherklängen des Orchesters vermischen:

*Amelia:* Ich suchte zu vergessen . . .
Seht mich zittern bei Eurem Anblick . . .
Ich suchte Euch zu meiden . . .

*Gustav:* Verzeiht, doch wozu diese Rede!
Wißt, Euer Untertan ich bin,
und die Liebe zu Euch
beherrscht mit Tyrannenmacht mein Herz.

*Amelia:* Seid barmherzig!

*Gustav:* Sag, daß du mich liebst . . .

*Amelia:* Nein, ich hör es nicht . . .

*Gustav:* Die Lieb' am stärksten ist
in jenen Herzen, die spät erst ihr Gesetz gelernt.
Spät hab' ich die Lieb' gekannt
und muß ihr nun entsagen –

Ein Feuer, das mich heiß verzehrt,
Nächte voll Erinnerung,

mehr bleibt mir nicht
vom späten Lenz des Herzens!

Die Worte treffen mich, als wären sie für den Rücken und für den Kopf bestimmt, der sich mir immer häufiger zuwendet, während die beiden Sänger und Schauspieler ihren Auftritt fortsetzen. Manchmal wendet er mir sein maskiertes Gesicht direkt zu, so daß ich seinen Blick durch die schmalen Schlitze der Maske sehe.

Ich weiche bewußt mit meinem eigenen Blick nicht aus. Jedesmal, wenn er sich umdreht, sehe ich ihm direkt in die Augen. Er beginnt sich offensichtlich über den unbekannten Pagen zu wundern, der ihn so unablässig mit unverhohlenem Interesse beobachtet.

Zwei verkleidete Menschen auf einem Maskenball in Venedig. Ein Mann und eine Frau. Ein Mann und eine Frau, die vor kurzem gemeinsam ein Kind erwartet haben. Jetzt stehen wir hier, verkleidet und verschleiert – ebenso verschleiert, wie unsere Liebe und unsere Gefühle es stets gewesen sind. Zwei Menschen, die die Gesetze der Liebe spät – zu spät? – gelernt haben.

Während ich überlege, ob es stimmt, daß die Liebe in diesen beharrlichen Herzen immer am stärksten brennt, entdecke ich die Frau an seiner Seite. Eine stattliche, beherrschte Frau in einer sehr raffinierten Perücke und in wallender Robe, die ihre behandschuhte Hand auf seinen Arm legt und elegant seine Aufmerksamkeit ablenkt. Ich erkenne die Frau sofort an der Art, wie sie ihre Hand auf seinen Arm legt. Sie legt sie so hin, wie eine Ehefrau ihre Hand auf den Arm ihres Mannes legt, um deutlich zu machen, wem er gehört – in welches Revier er gehört.

Zerstreut wendet er seiner Frau den Kopf zu, dann applaudieren beide den Schauspielern. Das Orchester spielt weiter, geht zu einem Menuett über, und ich sehe Cesare zu Josefs Frau hingehen und sie höflich zu den verschnörkelten Tanztouren auffordern. Josef verbeugt sich ebenfalls und dreht sich dann mit einem fragenden Blick zu mir um. Ob er mich wohl wiedererkennt, oder ob er diese Blicke von einem Fremden nur eigenartig findet? Wenn wir überhaupt Kontakt bekommen sollen, muß ich mich rasch entscheiden. Der Parkettboden um uns herum füllt sich immer mehr mit tanzenden Paaren.

Ich entschließe mich rasch und gehe zu ihm hin, ohne zu überlegen, ob ich richtig handle oder nicht. Er steht immer noch mit verschränkten Armen neben dem Orchester. Seine immer schützend verschränkten Arme. Mein Herz schlägt heftig, aber ich gehe dennoch zu ihm hin, trete dicht vor ihn hin und mache eine übertriebene Verbeugung, ohne ein Wort zu äußern. Er fährt zusammen und lächelt. Seine Augen sind sehr nah. Ich könnte sie streicheln, sie trösten – vielleicht ist es das, was ich stets versäumt habe. Ich habe nie seine einsamen Augen getröstet. Er sieht mich fragend an – aber ohne irgendein Zeichen des Wiedererkennens.

Ich verbeuge mich ein zweites Mal. Er sieht mich abwartend an und sagt dann mit seiner leisen, etwas heiseren Stimme:

«Normalerweise tanze ich nicht mit . . . Jünglingen . . .»

Dann bemerkt er mehr zu sich selbst als zu mir:

«Na ja, wenn schon Maskerade ist . . .»

Wir treten auf die Tanzfläche hinaus und werden in das zierliche, verschnörkelte Menuett hineingezogen. Durch unsere Masken hindurch sehen wir uns angespannt an und folgen den Bewegungen des anderen mit großer Aufmerksamkeit. Da sein Gesicht von der schwarzen Maske fast ganz bedeckt ist, sehe ich nur seine Augen und seine Lippen. Diese Lippen, die meinem Körper ebenso nahe gekommen sind wie meiner Seele. Diese kindlich ausgelieferten Lippen, die ich geliebt habe. Er tanzt sicher und bewegt sich geschmeidig. Die Empfindlichkeit, die ein neues Mitgefühl in mir erweckt hatte, ist verschwunden, und übriggeblieben sind nur noch die Härte seines Körpers und der

Wille in seinen verletzten Augen. Sein Wille, der härter und beharrlicher ist als der irgendeines anderen Menschen, den ich kenne. Noch nie bin ich gegen so viel unerbittlichen Willen geschleudert worden – ein Wille, der zugleich in lähmende Wehmut eingebettet ist. Dieser Wille, der erst vor ein paar Monaten meinen eigenen Willen zunichte machte und jenes Kind für immer vertilgte, das jetzt geboren und dem Leben vorgestellt sein könnte. Neugeboren und lebendig.

Ich spüre den alten Haß in mir aufflammen.

«Wer sind Sie und woher kommen Sie?» fragt Josef offensichtlich verwirrt und mustert mich mißtrauisch mit grübelnd zusammengekniffenen Augen.

Ich antworte nicht. Statt dessen kommt mir eine Idee, als wir am Orchester vorbeitanzen. Josef bewegt sich in den Touren des Menuetts gerade außer Hörweite, so daß ich den Dirigenten rasch bitten kann, ein gewisses Stück zu spielen. Josef kommt zurück. Wir stehen nebeneinander, als das Menuett endet und der Dirigent seinen Taktstock hebt und ausruft:

«Als nächstes spielen wir Strauß. Als nächstes spielen wir – den ‹*Kaiserwalzer*›!»

Diesmal müssen wir uns berühren. Josef faßt meine Hand zum Walzer. Seine Lippen werden von einem fast unmerkbaren Zittern bewegt. Ich weiß nicht, ob Haß oder Gewißheit sie erzittern läßt.

Aus dem Menuett wird ein Walzer. Der historische Übergang vom Menuett zum Walzer. Endlich dürfen die Tanzenden sich anfassen, ähnlich wie das tanzende Europa, das sich nach Jahrzehnten des distanzierten Menuetts beim Walzer endlich wieder berühren durfte. Endlich fassen Josef und ich uns an.

Josef starrt mich an wie hypnotisiert. Ein dünnes Rinnsal von Schweiß läuft über seine Wange und sein Kinn. Ich drücke seine Hand, seine vertraute Hand. Ich drücke sie nicht aus Zärtlichkeit; ich drücke sie, um ihn zu verletzen. Sein Verrat, seine Feigheit, seine Schwäche – all das überkommt mich in diesen einleitenden Sekunden, in diesen von dem beschwingten, raschen Walzer, der uns einst zusammengeführt hat, eingerahmten Sekunden.

«Hast du eine Losung?» frage ich sein Gesicht, das sich hinter der Maske im Auflösungszustand zu befinden scheint.

«Andrea», sagt er sachte, und jeder Buchstabe scheint ihn zu plagen.

«Eine Losung», wiederhole ich und muß mich dabei bei jeder Silbe beherrschen.

Während die übrigen Paare in immer erregteren Touren an uns vorbeitanzen, versucht er mich enger an sich zu ziehen. Ich weiche zurück, um zu vermeiden, daß er meinen Körper berührt. Seine Augen hinter den Schlitzen der Maske sind voller Liebe. Dann sagt er mit betroffener Stimme:

«Ja, ich habe eine Losung – wenn du Andrea bist. Meine Losung ist – und ist immer gewesen: *Szeretlek!*» Mitten im klangvollen Crescendo des Walzers bleibe ich jäh stehen. Ich kann mich nicht wehren. Ich sehe es Josef an, daß er es ernst meint, und ich weiß, daß dies seine einzige Möglichkeit ist, «Ich liebe dich» zu sagen. Nur so, unvorbereitet, überrumpelt und spontan kann er es auf ungarisch sagen.

Ich sehe ihm in die Augen. Ich glaube ihm, doch das hat keine Bedeutung mehr. Ich weiß, daß er die Wahrheit spricht, aber seine Wahrheit kommt zu spät. Seine Wahrheit kommt zu spät und trifft mich wie ein Schmerz. Ein Schmerz, der so unerträglich ist, daß ich trotz der Menschen ringsum, trotz der Tanzenden und des Skandals, den ich riskiere, die Hand hebe und ihn mitten in sein maskiertes Gesicht schlage.

Ich schlage hart und unbeherrscht zu. Das fast unmerkliche Zucken in seinen Augen zeigt mir, daß der Schlag ihn schmerzt. Er verzieht keine Miene, sondern bleibt regungslos stehen. Ich sage: «Ich nahm an, deine Losung sei – *bambino – bambino morte . . .*»

«Andrea – ich bitte dich», sagt er und beginnt sich endlich zu bewegen. Er packt mein Handgelenk mit hartem Griff – doch diesmal bin ich schneller. Ich reiße meine Hand an mich und renne aus der suggestiven Atmosphäre des Festsaals hinaus. Ich dränge mich durch die Tanzenden und eile auf die Terrassentüren zu, die aufs Meer hinaus geöffnet sind.

Hinaus in die frische Luft, die meinem brennenden Gesicht mit ihren kühlen, salzigen Winden entgegenschlägt. Genau wie einst als Kind fliehe ich jetzt zum Strand hinunter. Erst nachdem ich mehrere Minuten gelaufen bin, merke ich, daß Josef hinter mir herrennt.

«Andrea, bleib stehen – bleib um Gottes willen stehen . . . Ich bitte dich . . .»

Ich renne schneller. Die Dunkelheit macht meine Augen blind. Die Dunkelheit mit ihren blauen Schatten und dem nächtlich stillen Meer, das ab und zu eine weiche, schläfrige Welle in den Sand spült. Die hellen Silhouetten der leeren Badekabinen gegen den Himmel, der dunkel ist – aber dennoch voller Sterne. Ich renne, während Hitze und Schweiß die Maske immer fester an mein Gesicht pressen.

Ich renne, und irgendwo hinter mir in der Dunkelheit ist Josef. Die Abrechnung hat begonnen.

## 15

Ich bleibe erst stehen, als meine Lungen zu versagen drohen und ich einen herben Metallgeschmack in den Mund bekomme. Ich bleibe jäh stehen und rutsche mit den Stiefelsohlen über den nächtlich feuchten Sand. Brust und Lunge schmerzen von der heftigen Anstrengung. Unter Venedigs bestirntem Himmel stehe ich mitten auf dem nachtschwarzen Strand und spüre ein quälendes Schwindelgefühl. Ich sehe Josef auf mich zugerannt kommen. Die kurze rote Brokatjacke flattert hinter seinem Rücken. Er hat wirklich eine erstaunliche Kondition, denke ich matt. Wortlos bleibt er neben mir stehen. Ich sage auch nichts. So stehen wir am Rande des fast regungslosen Meeres nebeneinander. Aus den offenen Fenstern und Türen des Hotels strömt der Walzer ... Wir bleiben schweigend nebeneinander stehen, während ein paar Wolken sich auflösen und Josefs Gesicht plötzlich in Mondlicht getaucht wird. Sein noch maskiertes Gesicht. Ich streiche mir über mein Gesicht, das unter der Maske schweißnaß ist.

«Nimm die Maske ab», sagt er noch keuchend. «Die brauchst du jetzt nicht mehr.»

Er streckt seine Hand aus, um sie mir abzuziehen, aber ich hindere ihn daran.

«Berühre mich bitte nie mehr», sage ich heftig und nehme selbst meine Maske ab, um mir dann mein nasses Gesicht mit dem Samtärmel meiner Jacke trockenzureiben. Josef reißt sich heftig seine eigene Maske und Perücke ab. Er holt ein Taschentuch heraus, das er mir gibt.

«Ich habe es noch nicht benützt», sagt er, als er mich zögern sieht. «Kannst du mir vielleicht erklären, was du hier tust, hier in Venedig», keucht er dann.

«Ich bin nur wegen des Films hier – bilde dir ja nichts anderes ein! Ich habe das Drehbuch geschrieben.»

«Du lieber Himmel – jetzt verstehe ich! Das ist wohl der Grund, warum die Hauptperson Josef heißt?»

«Ja», sage ich, während sich meine Brust immer noch erregt unter dem weißen Spitzenhemd hebt.

«Um mir zu schaden, natürlich. Um einen Skandal heraufzubeschwören.»

«Natürlich – wie immer denkst du selbstverständlich als erstes an deine eigene Haut. An deine soziale Haut. Das hätte ich begreifen müssen. Wenn du glaubst, daß dich irgend jemand wiedererkennen könnte, irrst du dich gewaltig. Ich habe kräftige Schönmalerei betrieben. Kein Mensch käme auch nur auf die Idee, daß du das sein könntest.»

«Aber warum?»

«Um zu überleben. Es reichte, daß das Kind sterben mußte. Vielleicht hast du inzwischen vergessen, daß ich – daß wir vor kurzem ein Kind erwarteten . . . Ich durfte nicht auch noch sterben. Dieses Drehbuch habe ich geschrieben, um zu überleben.»

«Jetzt bist du grausam», sagt er langsam.

«Ich? Was willst du damit sagen?»

«Du hast vielleicht den Brief vergessen, den du mir geschrieben hast. Du hast vielleicht das Telefongespräch mit meiner . . . mit meiner Frau vergessen . . .»

«Der Brief», sage ich heftig atmend. «Aber den schrieb ich doch nach deinem Brief – oder vielmehr nach dem Brief deiner Frau und deines Anwalts. Du mußtest ja deine Frau und deinen Anwalt bei der schwierigen Aufgabe um Hilfe bitten, mir klarzumachen, wie ungern du ein Kind von mir haben wolltest.»

«Bitte, Andrea . . . laß uns nicht würdelos werden. Laß uns nicht nachträglich eine Menge Lügen anbringen. Ich weiß, daß ich mich unverzeihlich benommen habe – aber lüge mich nicht an. Ich habe die ganze Sache jetzt überwunden – aber es hat mich fast das Leben gekostet. Ich bin krank gewesen, es ging mir unglaublich schlecht. Ich wußte nicht, daß es so weh tun konnte – aber bitte, lüge mich jetzt nicht an. Schlage mich jetzt bitte nicht. Wenn überhaupt, dann müßte wohl eher ich dich schlagen . . .»

«Josef – um Gottes willen . . . wovon redest du?»

«Von dem Kind natürlich – von dem Kind, das . . . gar nicht mein Kind war . . .»

«Nein, nein, nein . . .» Ich rufe es in die Nacht und die Stille des Strandes hinaus.

«Sei nicht hysterisch», sagt er hart. «Aber warum hast du meine

Frau angerufen und ihr erzählt, daß ich nicht der Vater sei? War dir nicht klar, daß du mich damit umbringst – du hast mich als Mann und Person umgebracht. Ich habe immer geahnt, daß du mich eigentlich gar nicht geliebt hast – aber ich hatte nicht damit gerechnet, daß du so grausam sein konntest, so grob ... Auf die Art hast du es mir natürlich auch leichter gemacht, alles zu vergessen. Jetzt kannst du mir vielleicht verraten, wer der Vater des Kindes war – jetzt, da alles sowieso aus und gleichgültig ist.»
«Hör auf, um Gottes willen, hör auf», schreie ich. Ich weiß gar nichts mehr. Ich fühle mich in eine Ecke gedrängt, wo ich nicht mehr atmen kann. Ich presse die Hände an meinen Kopf und hole tief Atem, als könnte mir die reine Meeresluft zur Klarheit verhelfen.
«Josef ... Josef, das ist wirklich eine sehr raffinierte Geschichte, die du dir da ausgedacht hast, aber jetzt bin ich wohl an der Reihe, dich an unsere Würde zu erinnern. Was spielt das jetzt schon für eine Rolle – jetzt, nachdem alles sowieso vorbei ist. Das Kind existiert nicht mehr, und an dieser Tatsache wäre ich fast zerbrochen. Tag und Nacht habe ich dich gehaßt deswegen – aber bitte fang jetzt nicht an, so eine Konstruktion zusammenzulügen.»
«Lügen! Wer spricht hier von Lügen! Du hast mir doch vorgelogen, daß ich der Vater des Kindes sei! Ich sagte, daß ich das Kind nicht haben wolle. Das sagte ich, da ich ja noch nicht wußte, daß es gar nicht mein Kind war. Jetzt bereue ich diese Äußerung zutiefst – aber ich war damals geschockt und verunsichert. Ich weiß, daß ich mich schlecht benommen habe. Aber dann kam ja die Erklärung. Ich verstehe immer noch nicht, warum du das alles mit meiner Frau besprechen mußtest.»
«Josef – ich habe weder mit deiner Frau noch mit sonst jemandem darüber gesprochen, denn das alles ist ja überhaupt nicht die Wahrheit. Wahr ist dagegen, daß deine Frau mir einen Brief geschrieben hat, in dem sie erklärt, du habest sie um ihre Hilfe gebeten. Sie solle dir helfen, mich davon zu überzeugen, daß du

das Kind unter keinen Umständen haben willst und daß ich es mir wegmachen lassen solle. Du wolltest unter keinen Umständen ein Kind von mir haben – und vor allem dich nicht scheiden lassen. Ich rief aus der Klinik an, um mit dir zu sprechen – aber statt deiner kam deine Frau an den Apparat. Ich war krank und aufgewühlt und bat sie daher, dir mitzuteilen, daß du dir keine Sorgen mehr zu machen brauchtest . . .»

«Andrea . . . ist das wahr?»

«Ja, ich habe den Brief aufgehoben.»

«Meine Frau behauptet, du hättest sie angerufen und ihr erzählt . . . o mein Gott . . . nein, das kann nicht möglich sein. So etwas Schmutziges kann niemand tun . . . Nein, das hier muß ein Alptraum sein. Willst du behaupten, daß das Kind . . .»

«Ja, natürlich war es dein Kind – aber das spielt jetzt keine Rolle mehr. Du wolltest es ja sowieso nicht haben. Du hast es schon lange, bevor dieses Intrigenspiel überhaupt begann, verleugnet. Das alles mußt du mit deiner Frau klären. Was für Menschen seid ihr eigentlich?»

«Aber Andrea – ich habe doch in gutem Glauben gehandelt. Wir wurden beide getäuscht. Du weißt ja, daß meine Frau sich unter keinen Umständen scheiden lassen will – aber ich hätte es nie für möglich gehalten, daß sie so weit gehen würde. So etwas hätte ich keinem Menschen zugetraut. Aber warum hast du mir dann diesen Brief geschrieben – daß du einen anderen heiraten würdest und deshalb das Kind nicht behalten wolltest?»

«O Gott, hör auf, das alles ist ja so widerlich. Ich hatte den Brief von deiner Frau erhalten und wollte dich ebensosehr verletzen. Ich wollte dir den gleichen Schmerz zufügen, den ich selbst empfand.»

«Das alles werden wir einander nie vergeben können, nicht?» sagt er. «Obwohl es nicht unsere Schuld ist, werden wir es uns nie verzeihen können. Wirklich sehr geschickt!»

«Das ist nicht die Hauptsache – die Hauptsache ist die Ent-

deckung, daß ich dich nicht mehr respektieren kann», sage ich und beginne in der abkühlenden Nachtluft zu frösteln.
«Aber wir haben doch beide in gutem Glauben gehandelt», unterbricht er mich.
«Warum zum Teufel hast du dann neulich dem Kinderheim in Frankreich eine so große Summe gestiftet, obwohl du dachtest, es sei gar nicht dein Kind?» frage ich, da mir plötzlich das Zeitungsfoto in den Sinn kommt.
«Ach, jetzt begreife ich ... Meine Frau bestand darauf. Sie zeigte plötzlich ein unerklärliches Interesse an diesem Kinderheim. Vielleicht hatte sie doch ein schlechtes Gewissen.»
«Und du hast natürlich einfach brav mitgemacht?»
«Ja, in diesem Fall habe ich das getan. Warum auch nicht? Die Idee an sich war ja gut – ich meine, gut für die Kinder.»
«Nun ja, das spielt jetzt ebenfalls keine Rolle mehr. Josef, wir haben uns kaum noch etwas zu sagen. Es war der reine Wahnsinn, daß ich hierher nach Venedig gekommen bin. Ich hätte nie kommen dürfen. Aber auf jeden Fall habe ich ein gutes Drehbuch geschrieben – natürlich werde ich deinen Namen ändern. Es war dumm von mir, Josef zu wählen.»
«Nein, das brauchst du nicht – mir ist klar, daß ich vor allem eine Art – ja, eine literarische Gliederpuppe in deinem Leben war ...»
«Versuch bitte nicht, komisch zu sein. Im Augenblick ist Humor kaum angebracht.»
«Ich versuche nicht, komisch zu sein, ich sage nur, was ich vielleicht empfinde.»
«Was meinst du damit?»
«Ich hätte es mir vielleicht gewünscht, daß du mich irgendwann einmal um meine Hilfe gebeten hättest. Daß du nicht immer nur deine Selbständigkeit und deine Kraft betont hättest. Wenn du es nur irgendwann einmal gewagt hättest, deine Hilflosigkeit einzugestehen, hätte dieses Mißverständnis überhaupt nicht entstehen können. Ich weiß nicht, ob du über-

haupt verstehst, wovon ich rede», sagt er und sieht mich mit flehendem Blick an.
«Nein, ich glaube kaum, daß ich ganz verstehe, was du da sagst.» Eine lähmende Müdigkeit und das Gefühl der Leere mischen sich in meine Erregung.
«Ich spreche . . . vom Gebrauchtwerden. Versuch zu verstehen, was ich meine – versuche es wenigstens. Du lebst so, als müßtest du jeden Augenblick beweisen, daß du keinen anderen Menschen brauchst. Du glaubst, wenn man wirklich jemanden braucht und von diesem Menschen abhängig wird, wäre das Leben mißlungen, ja, geradezu verloren. Du glaubst, alles im Leben laufe nur darauf hinaus, zu zeigen, wie selbständig man ist – du und sämtliche Frauen deiner Generation, ihr habt einen ausgesprochenen Selbständigkeitstick. Also gut, dann lebt eben allein und ohne je zu lieben – ohne je einen anderen Menschen zu brauchen, ohne je eine Hand nach der Hand eines anderen auszustrecken. Lebt, um zu beweisen, daß ihr ohne einen anderen Menschen zurechtkommt!» sagt er mit erregter Stimme.
«Du bist heute schon der zweite Mann, der vom Gebrauchtwerden spricht», sage ich und denke an Cesares Worte. «Aber warum warst du dann nicht da, als ich dich wirklich brauchte? Als ich ganz allein war und das Kind erwartete? Da brauchte ich dich. Ich finde nicht, daß du vom Gebrauchtwerden reden solltest.»
«Du hast mich nie gebraucht – du wolltest nur ein Kind haben. Ein Kind, von dem man mir dann einredete, es sei gar nicht von mir. Hör auf, mit mir zu sprechen, als wäre ich ein Trottel und ein moralischer Gangster. Du wolltest das Kind haben – aber mich wolltest du nie. In jeder Diskussion hast du betont, das Kind sei wichtig, aber nicht ich. Bestimmt ist es sehr altmodisch, aber wenn ich von einer Frau ein Kind bekommen soll, möchte ich spüren, daß sie mich ebenfalls braucht.»
«Ja, du hast ja schon immer mit deinen altmodischen Ansichten angegeben.»

«Andrea – ich bin viele Jahre älter als du, und das ist mir weder peinlich noch versuche ich es zu bemänteln oder zu verleugnen. Außerdem bin ich Ungar, und du bist Schwedin. Da ist es doch klar, daß ich die Rolle der Frau in der Gesellschaft anders sehen muß als du. Das bedeutet aber nicht, daß wir nicht in der Lage sein sollten, uns zu verstehen – aber gib mir bitte eine Chance. Ich habe bisher noch nicht viel Erfahrung mit emanzipierten Frauen, die mit allem selbst fertig werden. Ich habe keine Erfahrung darin, ein Mann zu sein, der nicht gebraucht wird. Deshalb darfst du mir aber nicht ins Gesicht schleudern, ich wolle ein passives Sexsymbol haben, das nur dasitzt und mich anhimmelt. Kannst du mir denn keine Chance geben – anstatt mir immer wieder angst zu machen und mich zu verscheuchen . . .»

«Aber nein – ich will doch keinem Menschen angst machen! Du hast bestimmt recht. Ich habe alles falsch gemacht. Ich hätte diplomatischer sein sollen – schlauer –, ich hätte mich mehr verstellen sollen. Aber wenigstens habe ich die Konsequenzen meiner Liebe zu dir auf mich genommen. Ich bin aufgebrochen, ich habe mich scheiden lassen, ich lebe allein, ich arbeite Tag und Nacht, um mit meiner Situation fertig zu werden, und ich habe meine Entscheidung schon mehrmals verteidigen müssen.

Aber du – was hast du getan? Du hast weiter geheuchelt. Du hast deine widerliche Scheinehe fortgesetzt und nichts geändert. Du hast zu keinem einzigen deiner Gefühle gestanden. Und dabei redest du dauernd von deiner Verantwortung – von deiner verdammten Verantwortung in der Gesellschaft. Für das Wichtigste aber, für das, was du selbst fühlst – für deine eigenen Gefühle –, hast du nie Verantwortung übernommen. Wenn du auch nur in die Nähe eines Gefühls kommst, läufst du gleich wie ein erschrockener Hase davon und fliehst nach Hause zu deiner Scheinehe und zu deinem gestreßten Leben in all deinen weltweit verstreuten Büros. Hinter dem Schreibtisch – das ist der einzige Platz, an dem du dich sicher fühlst. Da sitzt du dann, machst deine idiotischen Geschäfte und häufst noch mehr Geld und noch mehr Unfreiheit an. Was ist das für ein Leben? Glaubst du, dein Dasein könne jemals auch nur einen Millimeter im Leben verändern? In meinen Augen führst du ein armseliges Leben. Du pendelst nur zwischen Macht und Geld hin und her. Das ist das einzige, worüber du verhandelst. Macht und Geld – indirekt hat das immer zum Krieg geführt.

Da sitzt du dann und verleugnest deine Gefühle und nimmst mit einer Menge anderer Männer, die sich ebenso vor Liebe und Gefühlen fürchten wie du, an einem hirnverbrannten Machtspiel teil. Wann hast du der Liebe in deinem Leben zum letztenmal die Priorität eingeräumt? Wann warst du jemals der Meinung, daß die Liebe vor etwas anderem den Vorrang habe? Aber ich werde dir etwas sagen, was dir vielleicht neu ist – den Menschen, die die Liebe verleugnen, wird automatisch alles andere ebenfalls mißlingen. Du bist von finanzieller und sozialer Macht so verblendet, daß du etwas sehr Wesentliches nicht einsiehst – es gibt keine stärkere Macht als die Liebe.

Ich werde dir außerdem etwas erzählen, was ich vor kurzem gelesen habe und worüber du bestimmt lachen wirst – da du nicht einsehen wirst, daß es wahr ist. Da hieß es, die Liebe sei mächtiger als sämtliche Bomben der Welt. Die Liebe kann Frieden schaffen – das können keine Bomben.

Es ist dumm von dir, das zu unterschätzen, was deinem Leben entscheidende Kraft und eine gesunde, echte Macht hätte verleihen können. Das ist der Grund, warum ich das Drehbuch zu diesem Film geschrieben habe – es ist an dich gerichtet und an alle, die ähnlich wie du vor der Liebe fliehen wollen und die Kraft der Liebe unterschätzen ...»

Ich verstumme abrupt. Ich fühle, daß ich kein einziges Wort mehr herausbringen kann. Keine Silbe mehr – keinen Satz. Ich sehe es Josef an, daß er etwas sagen will, und hebe die Hand in einer abwehrenden Geste.

«Bitte, Josef, sage nichts mehr – wir haben schon viel zuviel ge-

redet. Ich habe alle Worte so satt – all die verdammten Worte. Wenn zwei Menschen einander wirklich verstehen, sind all diese Worte, all diese Ansichten völlig unnötig. Bitte, sag nichts. Ich bin so müde, so verzweifelt. Vielleicht hast du recht – vielleicht geht es tatsächlich darum, ob man es wagt, jemanden zu brauchen und ob man es gestattet, daß man gebraucht wird. Aber dann mußt du es mir beibringen. Ich sage wie du – bring es mir bei . . .»
Ich sehe ihn an. Voller Erschöpfung fühle ich, daß ich jeden Augenblick in Tränen ausbrechen werde. Ich sehe ihn an, sein verschlossenes, verletztes Gesicht im gelbweißen Mondlicht. Die ganze Zeit über haben wir mitten auf dem dunklen Strand nebeneinander gestanden. Während mir die Tränen über die Wangen laufen, überkommt mich heftige Müdigkeit.
«Ich muß mich setzen – bevor ich ohnmächtig werde», sage ich und gehe auf eine der dunklen Badekabinen zu, wo ich mich auf die Holztreppe setze. Josef folgt mir und setzt sich neben mich.
«Weinst du?»
«Ja», antworte ich.
«Warum bist du überhaupt nach Venedig gekommen?»
«Um dich zu töten. Eigentlich, um dich zu töten.»
«Hast du mich deshalb geschlagen?»
«Ja.»
«Und jetzt?»
«Jetzt bin ich nur noch verzweifelt. Ich habe alles verloren – wirklich alles. Ich wollte das Kind haben. Ich liebte es schon, ich liebte dich und ich brauchte dich. Ich habe dich immer gebraucht, auch wenn es mir vielleicht schwerfällt, diese Art von Gefühlen auszudrücken. Ich fürchte mich vor jeglicher Abhängigkeit. Ich habe eine panische Angst davor, unterlegen und abhängig zu werden.»
«Ich ebenfalls – das Problem ist vielleicht, daß wir zu ähnlich sind. Ich hätte dich auch am liebsten umgebracht. Vor allem, als ich das mit dem Kind erfuhr, als ich glauben mußte, du hättest mich getäuscht. Willst du mich immer noch töten?»

«Bitte, Josef – wir haben uns doch schon gegenseitig getötet. Keiner von uns braucht den anderen noch zu töten. Du hast mich getötet, ich habe dich getötet.»
«Willst du, daß ich gehe?»
«Ja, das wird wohl das beste sein.»
«Wenn ich jetzt gehe, dann gehe ich für immer.»
«Das weiß ich.»
«Willst du dennoch, daß ich gehe?»
«Ja . . . ich . . . will dennoch, daß du gehst.»
«Ich gehe nicht. Ich werde jetzt nicht gehen. Du lügst schon wieder. Noch ein weiteres Mal lügst du. Bist du jetzt wieder stark und bewundernswert?»
«Nein, ich meine, was ich sage – es ist sowieso alles zu spät. Geh zurück zum Ball und zu deiner Frau. Bestimmt läßt sie schon nach dir fahnden. Kehr zu deinem eigenen Leben zurück. Ich habe kein Recht, etwas zu verurteilen. Wir haben uns schon viel zu schwer verletzt, das kann kein Mensch überleben.»
«Warum kannst du . . . mir nicht verzeihen? Nicht mir zuliebe, sondern um deinetwillen? Zu meiner Frau werde ich übrigens nie mehr zurückkehren. Das ist schon seit vielen Jahren vorbei – aber das, was jetzt vorgefallen ist, macht es endgültig.»
«Also hast du doch nicht selbst entschieden!»
«Keineswegs – du weißt ja nicht, was inzwischen geschehen ist. Schließlich haben wir seit Monaten nicht mehr miteinander gesprochen. Vor ein paar Wochen habe ich die Scheidung eingereicht. Das ist für dich jetzt natürlich uninteressant – aber es war im höchsten Grad mein eigener Entschluß. Ich meinte nur, daß das, was heute abend geschehen ist, meine Auffassung bestärkt hat.»
«Warum ist deine Frau dann überhaupt dabei?»
«Weil sie seit vielen Jahren mit Cesare und seiner Frau befreundet ist – genau wie ich. Du hast mir gesagt, daß man nach der Scheidung vielleicht doch noch befreundet bleiben kann.»

«Ja, natürlich, wenn beide sich scheiden lassen wollen. Aber das wollte deine Frau ja nicht.»
«Nein, und jetzt sehe ich, daß ich endgültig Schluß machen muß. Als Freunde können wir nicht weitermachen. Willst du immer noch, daß ich gehen soll?»
«Ach Josef ... du mit deinen ewigen Trümpfen. In letzter Minute hast du immer irgendeinen Trumpf in der Hand. Ja, ich will, daß du trotzdem gehst ... Es fällt mir sehr schwer, aber geh trotzdem. Ich habe Angst vor dir. Das alles war so schmerzhaft – zu schmerzhaft. Meine Schmerzgrenze ist jetzt überschritten.»
«Andrea, ich kann bitten – ich habe dich heute abend hier gebeten –, aber verletze meinen Stolz nicht zu sehr. Ich bitte nur einmal. Ich demütige mich nicht ...»
Geh nicht, bleib hier, will ich sagen, will ich flehen. Zum erstenmal spüre ich, daß ich stark genug bin, ihn anzuflehen. Man muß sehr stark sein, um jemanden anflehen zu können. Dennoch bleibe ich stumm. Während mein Gehirn die Worte formuliert, die irgendwo zwischen meinem Willen und meinen stummen Lippen steckenbleiben, bleibe ich stumm sitzen.
Josef steht auf und geht. Er geht langsam über den kühlen Sand. Seine Schuhe hinterlassen feuchte Abdrücke. Er geht an zwei Rokokoperücken und zwei Masken vorbei, die schon von Meereswasser überspült im Sand liegen.
Ich bleibe sitzen, und die Müdigkeit hämmert wie rasend gegen meine Schläfen. Langsam geht er davon, ohne sich umzudrehen. Er geht auf das erleuchtete Hotel und die ferne Musik zu, die auf den Strand hinausströmt.
Ich liebe ihn ... denke ich.
Ich liebe ihn.
Ich sehe seine langsamen Schritte. Erneut sehe ich seinen Rücken, seinen Hinterkopf und Nacken. Seinen wehrlosen Nacken. Erneut sehe ich die neue Empfindlichkeit und die neue Verletzlichkeit an ihm.

«Josef . . .» rufe ich und beginne endlich zu reagieren.
«Josef . . . warte», rufe ich in die Dunkelheit hinaus.
«Josef . . .» rufe ich, während ich mich selbst verfluche. Daß ich immer zu lügen versuche, wenn ich mit einer Entscheidung konfrontiert werde!
Ist das die Kindheit – sind das meine infantilen Gefühle, die nie genügend Wärme bekommen, um wachsen und reifen zu dürfen? Die immer lügen und fliehen, wenn sie spüren, daß sie jemanden brauchen?
Ich beginne wieder zu rennen. Ich renne ihm so schnell ich kann hinterher.
«Josef, geh nicht. Ich bitte dich.»
Er bleibt so abrupt stehen, daß ich fast hinfalle. Alles, was ich ihm sagen und um das ich ihn bitten wollte, verschwindet, als ich sein ernstes Gesicht sehe. Wir stehen uns dicht gegenüber. Mein Atem geht keuchend, seiner ist ruhig. Erneut fühle ich, daß ich keine Kraft habe, etwas zu sagen. Daß die Worte zu Ende sind. Sein Gesicht ist beherrscht und unzugänglich. Wir sehen uns abwartend an, während die Musik aus dem Hotel lauter wird. Weit in der Ferne glitzern die zersplitterten Lichter von Venedig.
Schweigend strecke ich meine Hände aus und ziehe ihn an mich. Schweigend – aber stark. Ich ziehe seinen Kopf und sein Gesicht mit Kraft an mich. Ich presse seine Wange an die meine, und die heiße, gebräunte Haut durchbricht die letzten Schmerzbarrieren in meinem Innern. Seine Wange ist fieberheiß. Eine Hitze, die sich wie Verzweiflung anfühlt.
Eine Hitze, die meine Zärtlichkeit erweckt und mich veranlaßt, seine Lippen mit verzweifelter Heftigkeit gegen meine zu pressen. Seine Lippen küssen meine Lippen – meine küssen seine. Die Erinnerung an seine Lippen, die mich in so vielen einsamen schwedischen Nächten geplagt hat, pulsiert in diesem intensiven Kuß. Die Erinnerung an seine Lippen, die jetzt auf meinen Lippen Wirklichkeit sind. Ich ziehe seinen Körper heftig an

mich. Sein Körper, den ich nie mißverstanden habe. Unsere Körper, unsere Lippen, unsere Hände und unsere Wangen, die nie irgendwelche Mißverständnisse erlebt haben. Unsere Körper, die stets die richtigen Worte gefunden haben, die richtigen Zärtlichkeiten, die richtigen Botschaften.

«O Josef . . .»

Heftig reiße ich die Knöpfe an seinem spitzenverzierten Hemd auf und spüre endlich den Duft seines Körpers. Den Duft, ohne den ich zu leben versucht habe; den ich zu hassen und zu verachten versucht habe. Dieser Duft, der schon für sich allein ein Glück und ein Liebeserlebnis bedeutet, der einzige Duft, dem ich mich je verwandt gefühlt habe.

Sein Duft, der mir Sicherheit gibt, da mein Körper seinem Duft vertraut. Der Duft, der irgendwann einmal vor hunderttausend Jahren die einzige Sprache war, die der Mensch besaß, und der die einzigen Signale aussandte, denen der Mensch vertraute. Sein frischer, unschuldiger Duft, verbotene Gewürze vermischt mit dem Duft des Guten.

«O Andrea», flüstert er, während seine Bewegungen rascher und drängender werden, härter und fordernder.

Die plötzliche salzige Kühle des feuchten Sandes, Josefs Hände, die mich berühren. Seine Hände, die es ernst meinen. Unsere Körper, die sich in einem unwirklichen Rhythmus bewegen, in einer zärtlichen Raserei. Seine Augen sehen mich ernst an, er schließt sie nicht.

«Nein, Andrea, schließe deine Augen nicht. Ich will, daß du mich ansiehst – die ganze Zeit», sagt er und zieht mein Gesicht und meine Augen so dicht an seine eigenen Augen, daß ich die seinen brauche, um zu sehen und zu verstehen.

«Andrea, sieh mich an – schließe deine Augen nicht . . .»

## Scena finale – Schlußszene

*Solange du mich liebst,*
*steht die Zeit still, und ich bleibe*
*mit ihr stehen.*
*Was sollen mir Drohung, Haß und Rache?*
*Ich weiß, die Wahrheit sind sie nicht.*
*In der Sonne deiner Zärtlichkeit*
*trete ich meinem Schicksal entgegen.*

*Gustav III. in ‹Ein Maskenball›*

Ich wache davon auf, daß ich friere und dennoch eine heiße, gute Wärme spüre. Die Wärme, die Josefs Körper ausstrahlt. Er zieht mich fest an sich, und mir ist, als könnte ich mich nie mehr vor etwas fürchten, als könnte mir nie mehr etwas schwer werden. Wir liegen immer noch auf dem nächtlich kühlen Sand. Die Geräusche und die Musik aus dem Hotel haben mittlerweile ihren Charakter geändert. Sie klingen jetzt wie die Geräusche und die Musik, die das Ende eines Festes ankündigen.

«Frierst du?» fragt Josef und hält seinen Arm schützend um mich.

«Ich glaube, wir müssen jetzt gehen. Die anderen machen sich vielleicht schon Gedanken . . .» sage ich und küsse ihn.

«Dann gehen wir gemeinsam hinauf.»

«Wie meinst du das?»

«Gemeinsam. Es ist sowieso allen klar, daß wir zusammen verschwunden sind. Höchste Zeit für die Demaskierung. Das heißt, wenn du es dir inzwischen nicht anders überlegt hast», sagt er und lächelt, während wir anfangen, unsere Kleidung in Ordnung zu bringen.

«Du siehst eher wie ein Seeräuber aus als wie ein Rokokoherr», sage ich und zeige auf seine rote Seidenjacke, die voller Wasser- und Salzflecken ist.

«Und du siehst ganz entschieden nicht mehr wie ein Jüngling aus ... Ich ... ich dachte, daß du vielleicht anschließend direkt zu mir nach Paris kommen könntest – bevor du nach Schweden zurückkehrst.»

«Wirst du es dir denn auch nicht anders überlegen?» lache ich zurück.

«Ich habe es mir nie anders überlegt ...»

Wir erheben uns, und ich versuche seine widerspenstigen, dichten Haare zu glätten, die sich nie kampflos von meinen Händen haben bändigen lassen.

«Hast du alles?» fragt er mich und versucht seine weißen Strümpfe abzubürsten.

«Ja, aber ich kann meinen Degen nicht finden – ich hatte einen alten Degen um, den ich hier irgendwo im Sand verloren haben muß.»

«Komm, ich helfe dir suchen», sagt er und nimmt meine Hand. Wir gehen ein paar Schritte zu den Badekabinen und der Treppe hinauf, die vom Hotel zum Strand führt. Ich denke lächelnd, daß ich ihm von der mexikanischen Wahrsagerin erzählen muß, als ich hinter uns ein knisterndes Geräusch höre – wie wenn jemand auf getrockneten Tang tritt. Aber ich weiß, daß es hier keinen Tang gibt. Ich drehe mich rasch um, und das, was ich sehe, kann nicht wahr sein. Mit einem eisigen Gefühl ziehen sich meine Magennerven zusammen. Josef läßt meine Hand los und dreht sich ebenfalls um. Das darf nicht wahr sein. Alles darf jetzt passieren – nur das nicht.

«Sucht ihr etwas?»

Ihre Stimme ist scharf und hart. Ich habe mich immer darüber gewundert, daß er mit dieser Stimme zusammenleben konnte. Die Stimme seiner Frau. Vom hellen Mondlicht beschienen steht sie hinter uns. Sie hat Maske und Perücke abgelegt. Ihr blasses Gesicht leuchtet weiß und starr über dem aufwendigen Gewand.

«Was willst du?» fragt Josef und nimmt wieder meine Hand.

«Welch eine Frage!» sagt sie und sieht ihn mit offenem Haß im Blick an.
«Bitte, Thérèse – können wir das nicht später im Hotel klären?»
«Nein, ich möchte jetzt verhandeln. Ich habe alles gehört. Ich weiß, was ihr plant.»
«Das ist ja geschmacklos – ich bitte dich, mich und dich zu respektieren – und Andrea auch . . . Du weißt außerdem, was ich beschlossen habe – du weißt, daß ich die Scheidung schon eingereicht habe.»
«Ja, ich weiß, was für Pläne ihr geschmiedet habt. Ich habe eure schmutzigen Gespräche und eure abscheulichen Pläne gehört. Aber ich habe ebenfalls Pläne. Daraus wird nichts. Ich werde euch daran hindern. Ich werde euch mit allen Mitteln hindern – mit allen erdenklichen Mitteln!»
«Davon bin ich überzeugt, ich weiß, wozu du imstande bist. Aber, bitte, geh jetzt ins Hotel zurück. Ich komme sofort nach, dann können wir über alles reden.»
Er spricht langsam und sanft mit ihr, und ihrem Gesicht und ihrem Blick ist deutlich anzumerken, daß sie unter Alkohol- oder Tabletteneinfluß steht.
Starr und zugleich flackernd blickt sie uns an.
«Vielleicht ist es besser, wenn ich gehe», sage ich zu Josef gewandt.
«Nein, bleib – wir müssen beide weg von hier», flüstert er mir zu. «Das Ganze kann sehr unangenehm werden. Ich erkenne sie gar nicht wieder. Irgend etwas muß passiert sein.»
«Thérèse, wir gehen jetzt», sagt er entschlossen und nimmt meine Hand.
«Ihr geht nirgendwohin», sagt sie und kommt uns entgegen. Als sie dicht vor uns steht, erhebt sie plötzlich die eine Hand, die sie bis jetzt in dem weiten Kleid verborgen gehalten hat. Sie hebt die Hand und hält den bloßen Degen hoch. Meinen Degen. Den alten Degen meines Bruders. Den Degen, den ich gesucht habe.
Josef beginnt zu lachen und läßt meine Hand los.

«Thérèse, das ist doch schlechtes Theater, einfach lachhaft – wirf den Degen weg und mach dich nicht lächerlich.»
Aber sie bleibt regungslos stehen, die starren Augen voller Haß.
Josef tritt einen Schritt vor, um ihr den Degen zu entreißen.
«Laß ... Josef ... nicht!» rufe ich und versuche ihn zurückzuhalten. «Nein, Josef!» rufe ich und sehe plötzlich das warnende Gesicht der Mexikanerin vor mir.
Ich werfe mich gegen seine Schulter und versuche ihn zurückzuziehen.
Der Page, der den König warnt. Die Warnung, die zu spät kommt. Der Schuß auf der Opernmaskerade.
«Ich habe doch gesagt, daß ich euch hindern würde», flüstert seine Frau und stößt den Degen durch seine rote Seidenjacke und das Spitzenhemd.
Alles geht so schnell, fast rituell vor sich. Erst als die weiße Hemdbrust sich rot verfärbt, begreife ich, daß der Degen ihn getroffen hat.
Seine Frau wirft den Degen in den Sand und beginnt davonzulaufen. Halb zu mir gewandt, ruft sie mit ihrer unwirklichen Stimme:
«Dafür werden Sie angeklagt werden – es ist Ihre Waffe – Ihr Degen ...»
Josef sinkt auf die Knie, und sein soeben noch so glückliches Gesicht ist plötzlich bleich und schweißgebadet.
Ich eile zu ihm hin und nehme ihn in die Arme. Er fällt schwer gegen meine Brust – wie ein kleines Kind, das gerade eingeschlafen ist.
«Josef – ich liebe dich – ich habe dich immer geliebt – du mußt das hier schaffen! Atme ganz ruhig – so, leg dich hin. Bestimmt kommt bald Hilfe ...»
«Andrea – ich liebe dich», sagt er, dann fällt sein Kopf erneut schwer wie der Kopf eines schlafenden Kindes gegen meine Brust.
Ich liebkose seinen Kopf und seine Stirn mit meinen Lippen,

während meine Hände das Blut aus der offenen Wunde aufzuhalten versuchen.
Ich bete zu Gott. Ich bete zu dem Gott, an den ich in meiner Kindheit am Meer zu glauben gelernt habe.
Ich bete zu dem Gott, dem ich damals zu vertrauen gelernt habe. Ich bete zu Gott, daß ich bald aufwachen und feststellen darf, daß dies nur ein Traum ist. Daß ich meinen eigenen Film, die italienische Oper und die Wirklichkeit durcheinandergebracht habe. Daß all dies ein böser, grausamer Traum ist, aus dem Josef und ich bald erwachen werden. Bald werden wir in einem sonnigen Venedig glücklich erwachen. Bald werden wir unsere Wangen wieder aneinanderlegen. Bald werden wir es wagen, uns gegenseitig zu brauchen . . .
Aber alles, was ich höre, sind die Sirenen. Alles, was ich sehe, ist das blendende Licht eines Ambulanzbootes, das rasch über dem stillen Meer näher kommt. Das Meer, dem ich zu vertrauen gelernt habe . . .
Josefs Herz, dem ich schließlich auch zu vertrauen gelernt habe. Sein Herz, das immer noch hartnäckig und voller Lebenskraft unter meinen Händen schlägt.

neue frau

Eine Auswahl

Liza Dalby
**Geisha**
Eine Amerikanerin erlernt den ältesten japanischen Frauenberuf (5557)

Robyn Davidson
**Spuren**
Eine Reise durch Australien (5001)

Harriet Doerr
**Erinnerung an Ibarra**
Roman (5571)

Margaret Drabble
**Die Elite nach dem Fest**
Roman (12330)
**Porträt einer Tüchtigen**
Roman (4928)

Marguerite Duras
**Agatha. Atlantik Mann**
(5825)

Afsaneh Eghbal
**Als der Mond sein Gesicht verbarg**
Roman (5623)

Fumiko Enchi
**Die Dichterin und die Masken**
Roman (5415)
**Wartejahre**
Roman (5520)

Mary Flanagan
**Bad Girls**
Geschichten (5718)

ro
ro
ro

C 912/11 a

Griseldis Fleming
**Donna**
Sizilianische Frauenstunden (5296)

Liz Roman Gallese
**Von den Folgen des Erfolgs**
Gespräche mit Spitzenmanagerinnen (5770)

Consuelo Garcia
**Luis im Wunderland**
Roman (5049)

Martha Gellhorn
**Das Wetter in Afrika**
Ein Roman in Novellen (12354)

Elfriede Hammerl
**Probier es aus, Baby**
STERN-Einsichten (12376)

Aritha van Herk
**Unter Männern**
Roman (5867)

Sylvia Hoffmann
**Kältetraining**
Roman (4892)

Kathryn Hohlwein
**Aufbruch in die mittleren Jahre**
Ein Aufenthalt in Taiwan (5843)

Ulla Isaksson
**Die Seligen**
Roman (5882)

# neue frau

Eine
Auswahl

Tove Jansson
**Die ehrliche Betrügerin**
Ein Märchen für Erwachsene (5694)
**Die Tochter des Bildhauers**
Roman (5903)

Anna Kavan
**Wer bist du?**
Roman (5792)

Susanna Kaysen
**Der Mann ohne Seele**
Roman (12365)

Margot Lang (Hg.)
**Mein Vater**
Frauen erzählen vom ersten Mann ihres Lebens (4357)

Doris Lessing
**Der Sommer vor der Dunkelheit**
(4170)

Sarah Lloyd
**Eine indische Lieben**
(5586)
**China erfahren**
Ein Reisebericht (12339)

Margaret Mead
**Brombeerblüten im Winter**
Ein befreites Leben (4226)

Daphne Merkin
**Die Prinzessin von New York**
Roman (12303)

C 912/10 b